Worte der Gefühle

Isaak Öztürk

Isaak Öztürk

Isaak Öztürk wurde am 28.10.1988 in Bad Mergentheim geboren. Durch ein Schlüsselereignis fand er die Leidenschaft zum Schreiben: Mit 11 Jahren verlor Isaak seinen Opa, der es ihm lehrte was es heißt zu lieben. Für ihn brach damit eine Welt zusammen, bewegt durch diesen Verlust verfasste er mit 14 Jahren seine ersten lyrischen Texte und widmete sie seinem Opa.
Seither zeigt er Menschen mit seinen Texten, dass man mit all seinen Gefühlen und Gedanken nie alleine ist in dieser Welt. Schreiben ist für ihn eine Kunst von Wortspielerei, mit der man Menschen in erster Linie aufbauen kann.

> Wir müssen nicht immer im Hamsterrad strampeln,
ab und zu müssen wir aussteigen und das tun,
was für unsere Seele das Beste ist <

Inhaltsverzeichnis

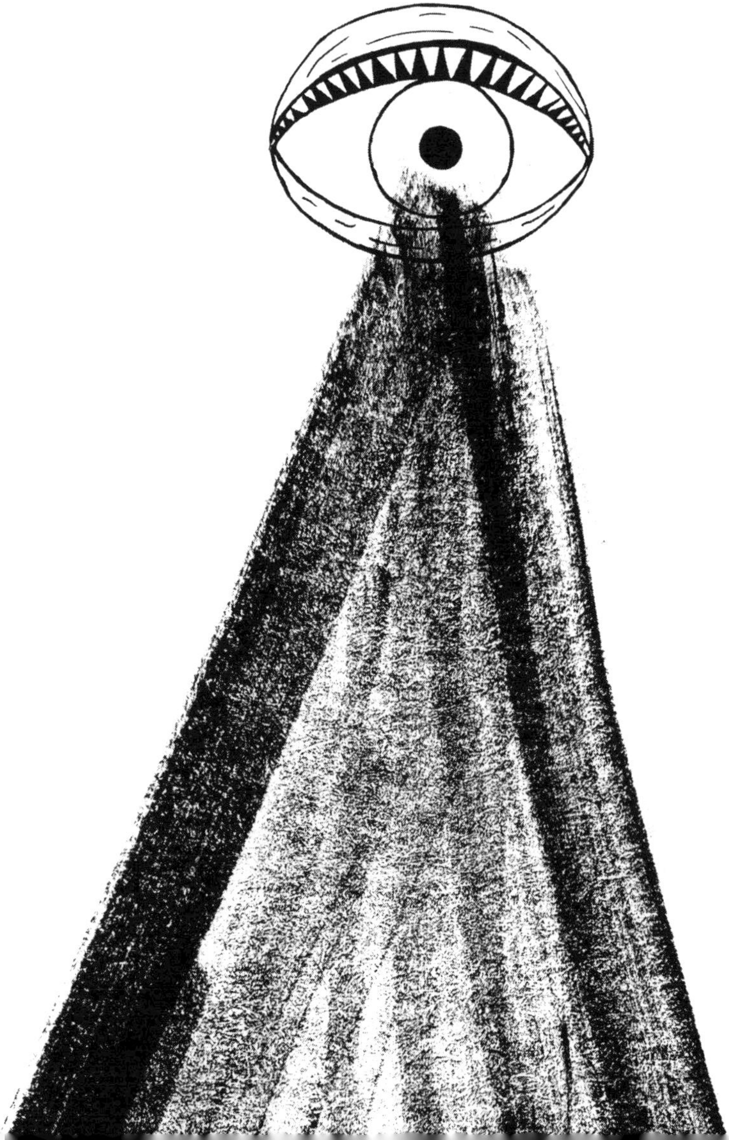

In meinen Schuhen gehen

—

Geh doch nur mal ein paar Schritte in meinen Schuhen
und du wirst feststellen, wie schwer es sein kann
und wie viele Hürden bereits genommen wurden.
Letztlich sehen die meisten immer nur das Endprodukt, aber
nicht die Tränen oder den Schweiß, die hierfür vergossen wurden.
Sie sehen nicht wie viel Kraft und Energie es mich gekostet hat,
dort zu stehen, wo ich mich gerade befinde.

Lauf mal in meinen Schuhen und du wirst feststellen,
wie träge, schwer und kaputt sie sind.
Sie sind vom Leben abgetragen und dennoch stehe ich hier.
Immer noch bereit, zu kämpfen. Für meine Träume.

Frage dich doch mal:
Würde ich den Menschen wirklich einmal sehen und spüren,
welchen Weg er hinter sich hat, würde ich ihn dann immer
noch so abwerten?
Würde ich ihm noch immer Neid und Missgunst entgegenbringen?
Wohl eher nicht, denn dann wären wir voller Respekt und
Achtung, für das, was er geleistet hat.

Wir sehen immer nur das, was sich vor unserem bloßen Auge abspielt, aber wir haben nicht gelernt, hinter den Vorhang zu blicken. Ich meine, du hast doch genauso deinen Weg gehabt, du bist in deinen Schuhen gelaufen, die für mich wohl auch eine schwere Bürde darstellen würden.

Lasst uns doch einfach mal wertschätzen und würdigen, was andere geleistet haben.
Es muss nicht immer um Geld und Prestige gehen.
Es geht vielmehr um die emotionalen Schlachten, aus denen wir gestärkt und voller Würde hervorgegangen sind.

Und bevor du mein Buch jetzt weiterliest, denke daran zurück, wie oft du schon am Boden warst und es immer wieder nach oben geschafft hast.
Nimm dir einen Moment und sei stolz auf dich.

Was Liebe nicht ist

Viele von uns denken oft, dass sie der Liebe schon begegnet sind, sie verloren haben und diese nie wieder erleben werden.
Sie verbinden ihren Herzschmerz, missbrauchtes Vertrauen, Lügner und Betrüger mit Liebe.
Aber das bedeutet Liebe nicht.
Wahre Liebe sollte nicht schmerzen.

Nun die Frage:
Gibt es keine wahre Liebe mehr, oder haben wir einfach nur verlernt, wahrhaftig und aus tiefstem Herzen zu lieben?
Eine Frage, die uns oft in den Kopf kommt, aber ich bin und bleibe der Ansicht, dass die wahre Liebe existiert.

Den Glauben daran zu verlieren, macht es uns in manchen Momenten einfacher. Aber sind wir ehrlich zu uns selbst:
Wie oft hoffen wir trotz allem, einem Menschen zu begegnen, der uns so liebt, wie wir sind?

Liebe erwartet keine Perfektion,
man macht die Liebe zusammen perfekt.
Liebe bedrängt nicht und sperrt nicht ein,
sie ist Zusammenhalt.
Liebe ignoriert nicht,
sie lebt durch den Verbund eurer Kommunikation.
Liebe ist nicht die Angst vor dem Alleinsein,
sondern das Streben nach Gemeinsamkeit.
Liebe ist nicht, Gefühle zu heucheln,
sie lebt von der Ehrlichkeit.
Liebe verletzt nicht,
sie ist das Gefühl, welches das Leben wunderbar macht.
Liebe verlangt nichts,
sie kommt immer frei von Herzen.
Liebe ist Leben.

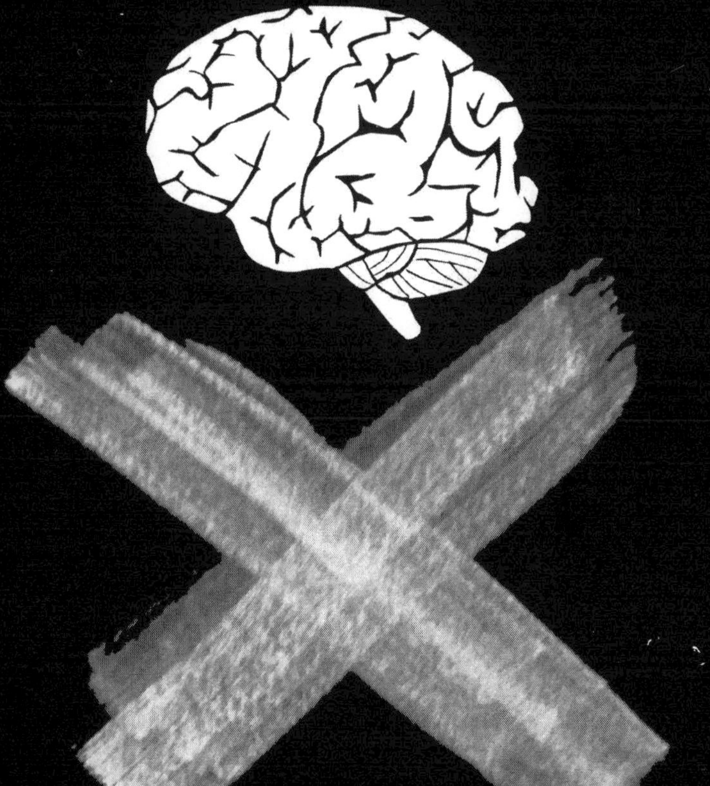

Du hast gekämpft

Du hast gekämpft und alles gegeben,
doch das Einzige, was bleibt, sind Erinnerungen.
Dein Herz ist erneut in tausend Teile zerbrochen.
Diese und die vielen anderen Teile nennst du dein Herz.
Dein Herz schlägt andere Takte,
doch keiner von denen macht dich glücklich.
Gefangen im eigenen Kopf, voller Gedanken und belebt
durch ein Herz, das in mehrere Tausend Teile zerbrochen wurde.
Begleitet von Tränen, Schmerzen und Narben.
Du fragst dich, ob das Leben für dich auch etwas Schönes
bereithält, aber du hast Angst vor allem, was kommt.

Jeder Neuanfang ist schwierig und nach vielen Enttäuschungen
immer noch ein Stück schwieriger als zuvor schon.
Das positive Denken bleibt aus, die negativen Gedanken schalten
sich ein.
Aber wie nur kannst du so ein glückliches Leben führen?
Es funktioniert leider nicht alles so, wie man es sich vorstellt
oder wünscht, und manchmal funktioniert es auch gar nicht –
deswegen heißt es Leben.

Dein Leben sollte es Wert sein, trotzdem jeden Tag das Beste aus
allem zu machen.
Du bist es dir selbst schuldig, denn du hast es verdient,
glücklich zu sein.
Es wird dir schwerfallen, an das Gute zu glauben,
aber schwierig heißt nicht unmöglich.
Es wird dir schwerfallen, dich wieder fallen zu lassen,
in Arme, die dich wirklich halten.
Es wird dir schwerfallen, dich wieder zu offenbaren,
für Ohren, die dich wirklich hören.
Es wird dir schwerfallen, dich wieder zu verlieben,
in einen Menschen, von dem du nicht weißt, ob er wirklich
anders ist oder nicht.

Aber wann wissen wir das schon?
Wer von uns weiß schon, was im nächsten Moment passiert?

Lass Erinnerungen Erinnerungen bleiben, sie haben ihre Bedeutung nicht umsonst.
Lass schlechte Menschen in deiner Vergangenheit und trage sie nicht mit dir in der Gegenwart oder sogar Zukunft herum.
Du hast gekämpft und alles gegeben und eines Tages wirst auch du wieder glücklich sein. Verliere niemals den Glauben daran und vor allem niemals den Glauben an dich selbst.

Stark und sanft

Jeder von uns kann stark und sanft sein,
jeder von uns ist dennoch genauso zerbrechlich
und manchmal schwach.

Manchmal sind wir so hart wie ein Felsen
und manchmal so sanft wie eine Feder.

Wir haben unsere guten, aber auch schlechten Zeiten.
Wir haben unsere guten, aber auch schlechten Seiten.

Wir lachen gern, aber manchmal, da weinen wir auch.
Und es tut gut, sowohl das Weinen als auch das Lachen.
Manchmal, da weinen wir auch aus Freude.
Und manchmal lachen wir, weil wir unseren Schmerz
verbergen wollen.

Wir können und werden unsere Gefühle nie wirklich
kontrollieren können.
Wir lieben, werden geliebt, hassen und werden manchmal
auch gehasst.

Der eine von uns ist schwarz, der andere braun oder weiß.
Der eine ist Deutscher, ein anderer Türke, Araber, Chinese
und es gibt noch so viele mehr.
Manche haben schwarze Haare, andere braune, blonde, rote
und es gibt noch so viele mehr.
Die einen haben braune, die anderen blaue, grüne Augen
und es gibt noch so viele andere.

Der eine sagt „Hallo“, andere „Hola“, „Merhaba“ oder „Selam“,
im Grunde genommen meinen alle doch das Gleiche.

Wir alle denken, fühlen, atmen und leben – wir sind Menschen.

Spiegel an der Wand

—

Heute bin ich mir selbst begegnet.
Ein ganz normaler Start in den Tag.
Ich hatte wie immer tausend Sachen im Kopf,
Termine, Dinge, die ich zu erledigen hatte.
Wie gewohnt machte ich mich vorm Spiegel fertig,
als mich ein Gefühl überkam, kurz innezuhalten.
Zunächst machte sich ein komisches Gefühl in der Bauchgegend
breit, als ich mich genauer im Spiegel betrachtete.
Irgendwie kam mir der Moment so zeitlos vor.
All der Druck, das von A nach B Springen,
das Funktionierenmüssen, spielte keine Rolle mehr.
Ich nahm einen Atemzug der Erleichterung und
schaute mir tief in die Augen.

Ein Gefühl von Weite und unendlicher Tiefe überkam mich,
als ob sich das Universum in meinen Augen spiegelte.
Ich wusste zuerst gar nicht, was da genau passierte, doch war
dieser Moment so von Leichtigkeit geprägt, dass jeglicher Stress
der letzten Wochen wie verpufft schien.

Wie in Trance, fasziniert von diesem Erlebnis, beschäftigte ich
mich den ganzen Tag damit.
Der Unterschied war jedoch, dass ich mir nicht wie üblich
Gedanken machte, sondern diesem Gefühl folgte, es ergründen
wollte.

Mein ganzes Umfeld sprach mich darauf an, wie entspannt ich
aussehe, wie schön mein Lächeln sei, was für eine tolle Ausstrahlung ich hätte.

Mir wurde klar: Ich bin mir selbst begegnet.
All die Jahre war ich so gefangen, die ganze Zeit hetzte ich
durchs Leben, um meine Ziele zu erreichen, dass ich ganz
vergessen habe, was es bedeutet, im Hier und Jetzt zu sein.

Was es bedeutet, bei sich anzukommen.
Einfach mal diesen Moment zu genießen und den Genuss nicht auf später zu verschieben.
Einfach in sich zu gehen und alles auf sich wirken zu lassen.
Die Augen zu öffnen für die Schönheit, die mich umgibt.
Keine Bedingungen an meine Freude zu knüpfen, sondern einfach mal dankbar zu sein für alles.

Ich bin gesund, habe eine tolle Familie, Freunde, ein Dach über dem Kopf – was braucht es gerade mehr?

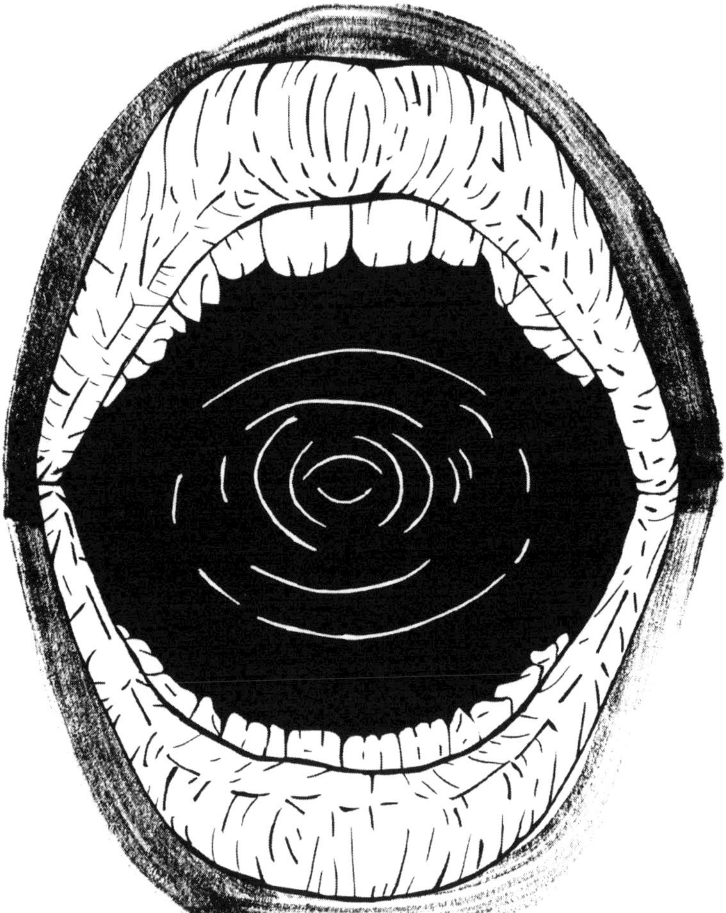

Leere Worte

Erspare mir bitte deine leeren Worte!
Wie oft habe ich gehört und geglaubt, was du sagtest,
dir einen Vertrauensvorschuss gegeben,
doch es blieb nur bei leeren Worten.

Leute reden viel und erzählen dir Geschichten,
doch ins Handeln zu kommen und den eigenen Worten
Gewicht zu verleihen, machen nur die Wenigsten.

Mir ist es mittlerweile ganz egal, ob du mich mit Worten
versuchst zu beeindrucken oder zu beeinflussen,
ich achte mehr auf deine Taten.

Willst du mir nah sein, dich zu meinem Freundeskreis zählen,
musst du das verkörpern, was du sagst.
Ich kenne mittlerweile meinen Wert und gebe nichts mehr auf
sinnlose Energieverschwendung.

Ich bringe dir Respekt und Achtung entgegen, also umgebe ich
mich aus Selbstliebe ebenfalls mit Menschen, die ihr Wort halten.
Die auf ihre Worte Taten folgen lassen.

Oft ist es ja lieb gemeint, doch ohne die Absicht, es auch zu
leben, sehe ich für uns keinen gemeinsamen Weg.
Ich lasse dich aus Selbstschutz los und wünsche dir dennoch Liebe.

Sonne im Herzen

Trage stets die Sonne in deinem Herzen!
Selbst, wenn sich der Himmel grau färbt,
der Boden unter deinen Füßen bebt,
sei dir im Klaren, auch das vergeht.

Tragen wir Sonne in unserem Herzen,
wird der Tag einfacher.
Es wird einfacher, mit Hürden und
schwierigen Situationen umzugehen.

Wenn sich alles dunkel färbt, sei du der,
der sich selbst das Licht spendet,
wenn all das Licht im Außen erlischt.

Sei du auch die Sonne und das Licht anderer,
wenn sie ihres nicht mehr finden
oder der Dunkelheit verfallen sind.
Entscheide dich für das Licht,
für die Sonne in deinem Herzen,
und die Liebe zum Leben wird dich warmhalten.

Behütet und beschützt, komme was wolle.

Hold
on
TIGHT

Vergebung ist Selbstliebe

—

Ich bin mit Sicherheit nicht der einzige Mensch,
dem Schmerzliches widerfahren ist.
Wir alle kennen es, enttäuscht, belogen, betrogen,
verlassen, schlecht behandelt zu werden.
Und wir alle haben daraus gelernt, sind gerade dabei
oder machen schon wieder den gleichen Fehler.
Ich habe für mich irgendwann verstanden, dass ich nicht länger
in dieser negativen Energiewolke schweben will.

Doch was hat mich befreit?
Genau: meine Liebe zu mir selbst!
Mir wurde klar, dass ich keine Macht darüber habe,
wie sich andere verhalten, oder welche Absichten sie
mit ihren Worten verfolgen.

Ich habe gelernt, dass, wenn ich den negativen und
schmerzlichen Erfahrungen weniger Bedeutung zumesse,
mein Leben sich einfach besser und leichter anfühlt.
Ich lasse diese negativen Wolken nun einfach ziehen.
Ich erwarte nichts und bin dennoch in der Lage, bedingungslos
zu geben, selbst wenn es nicht wertgeschätzt wird.
Dann vergebe ich diesen Menschen, lasse sie ziehen,
denn Vergebung ist Selbstliebe.

Sei mutig

Es ist immer einfach, das zu sagen,
was alle hören wollen.
Es ist immer einfacher, das zu tun,
was alle von uns erwarten.
Es ist immer leichter, zu schweigen,
obwohl das Herz schreit.
Es ist immer bequemer, nicht zu handeln und danebenzustehen,
obwohl jemand in Not ist.
Es ist einfacher, sich jeglicher Verantwortung zu entziehen.
Es ist immer leichter, nichts zu tun und ständig zu jammern.

Doch ...
Es zeugt von Stärke, das zu sagen,
was du wirklich denkst.
Es zeugt von innerer Kraft, das zu äußern,
was du wirklich fühlst.
Es zeugt von Mut, das zu leben,
was in dir nach Leben schreit.
Es zeugt von Liebe, seinen nächsten so zu behandeln,
wie man selbst behandelt werden will.

Du hast die Wahl:
Gehst du den leichten oder den kraftvollen, mutigen Weg?
Die Welt braucht wieder mutige Menschen!

GET LOST

Pfad ins Unbekannte

—

Nach jeder Abzweigung wartet ein neues Kapitel auf dich.
Du bist der Autor deiner Geschichte und deines Lebens.
Das Leben, es wird niemals geradlinig verlaufen.
Du wirst irgendwann wieder an einer Kreuzung stehen
und dich entscheiden müssen.

Die Schlüsselfrage, die du dir stellen solltest, ist, ob du deine
künftigen Entscheidungen aus Angst oder aus Mut treffen willst.
Das Leben verlangt von uns, dass wir mutig sind, denn wenn wir
ängstlich sind, treffen wir im Grunde keine Entscheidungen.
Dann leben wir das Leben der anderen, da wir ihnen erlauben,
uns zu manipulieren und uns zu beeinflussen.
Angst war und ist noch nie ein guter Weggefährte gewesen.

Stelle dir vor, du würdest nachts durch einen Wald gehen und am
Ende des Weges hast du die Möglichkeit, nach links oder rechts
zu gehen.
Der rechte Weg ist beleuchtet und verspricht, leicht und beschützt
zu sein.
Der linke Weg ist dunkel und führt ins Unbekannte.
Wähle weise, denn der Weg, den du gehen wirst, bestimmt fortan
wie dein Leben sich entwickeln wird.

Es ist nicht immer schlau, den leichten Weg zu wählen, den Weg,
der bereits von anderen gepflastert und beleuchtet wurde.
Vielleicht ist es genau der Weg, der dich am Ende ins Licht führt,
in deinen inneren Frieden, der dir am Anfang all deinen Mut
abverlangt, ins Unbekannte zu gehen.

Innere Ordnung

Manchmal muss der Druck einfach abfließen.
Wir haben gelernt, immer Ordnung zu halten.
Unsere Wohnung ist immer sauber und auf der Arbeit streben wir nach Perfektion, doch lenken wir auch mal den Blick ins Innere?
Es ist genauso wichtig, im Innen wie im Außen des Öfteren mal aufzuräumen.
Wir sollten lernen, achtsamer mit uns selbst zu sein, denn irgendwann wird der Druck zu groß, bis das Fass voller Emotionen überquillt.

Wir müssen es wieder fließen lassen, denn solange sich die Energien im Inneren anstauen, werden wir immer wieder abhängig sein, Druck loszuwerden.
Dann brauchen wir immer Urlaub von uns selbst, immer mehr Materielles, obwohl wir wissen, dass dies nicht erfüllend ist, lediglich als Ergänzung für unser Glück dient.

Wir sollten lernen, wieder mehr auf uns zu achten,
nicht nur rein äußerlich.
Lerne wieder zu fühlen und dich zu spüren und lebe dich diesbezüglich aus, selbst wenn es die Konsequenzen nach sich zieht, die du befürchtest.

Unser Leben sollte in Balance sein, sonst kippt die Waage und wir haben Schwierigkeiten, sie wieder auszubalancieren.
Wir haben die Kraft, bevor alles zu kippen droht, bewusst einzugreifen, indem wir uns ab und zu mal eine Auszeit gönnen.
Einen entspannten Abend mit Freunden oder einen angenehmen Spaziergang im Wald.

Wir müssen nicht immer im Hamsterrad strampeln,
ab und zu müssen wir aussteigen und das tun,
was für unsere Seele das Beste ist.

Sternenstaub

—

Das Leben ist unergründbar, vielfältig und wunderschön –
wieso behaupten so viele Menschen, es sei anders?
Jedes Lebewesen nimmt eine Rolle im Leben ein und ein jeder
kann entscheiden, welchen Beitrag er leisten will.
Was danach passiert weiß niemand, doch wir wissen,
wir können die Zeit auf Erden nutzen.

Höre mal offen und ehrlich in dich hinein, dann spürst du, dass
du für etwas geboren bist, du spürst, dass du eine Aufgabe hast.
Du hast eine Gabe, Talente, sie wollen gelebt werden.

Wir alle werden irgendwann gehen, doch das Vermächtnis
unserer Taten bleibt bestehen.
Deshalb ist es so wichtig, dass wir uns dessen bewusst sind.
Wir können auf allen Ebenen mit unseren Worten und Impulsen
wirken und vielleicht eine neue, blühende Zukunft kreieren.

Denn was bringt es, wenn wir uns ständig über das Schlechte
beklagen und jammern über negative Erfahrungen? – Nichts.
Wir können der Gegenpol sein, der diese Welt verändert,
der Stern am Himmel, der Herzen wieder zum Glühen bringt.

Verschlossenes Herz

Wir haben einen Bunker darum gebaut.
Wir blicken nur selten und meist lediglich durch ein Fenster nach draußen.
Jeder Schritt ist bedacht und auf der Hut, denn an jeder Ecke könnte die nächste Enttäuschung warten.
Wir haben es versucht, wir haben stets vertraut und uns aus der sicheren Deckung locken lassen.

Doch wir sind es so leid, zu kämpfen.
Liebe, sie sollte kein Kampf sein.
Sie sollte etwas Freies, Lebendiges, Harmonievolles sein –
aber doch kein Kampf!
Nein, wir sind es leid, dagegen anzukämpfen,
gegen diesen Schmerz.

Die Augen suchen nachts nach Lebenszeichen,
morgens sehnt sich der Körper nach Wärme.
Es ist so paradox, wir sehnen uns nach Intimität,
doch schmerzt es noch zu sehr, jemanden an uns heranzulassen.

Vielleicht gibt es da draußen jemanden, der uns in unserem Schmerz sieht, der mit uns fühlt, so als wären wir füreinander bestimmt.
Wir würden so gern wieder vertrauen, so gern würden wir alles, was war, in Heilung geben.

Ja, vielleicht gibt es da draußen jemanden,
der die Last der Dunkelheit gemeinsam mit uns trägt.
Ja, vielleicht gibt es da draußen jemanden,
mit dem man gemeinsam im Glanz des Lichtes baden kann.
Ja, wir geben die Hoffnung nicht auf, wir können es spüren,
wenn wir in die Weiten des Universums blicken –
wir sind und werden nicht allein sein.

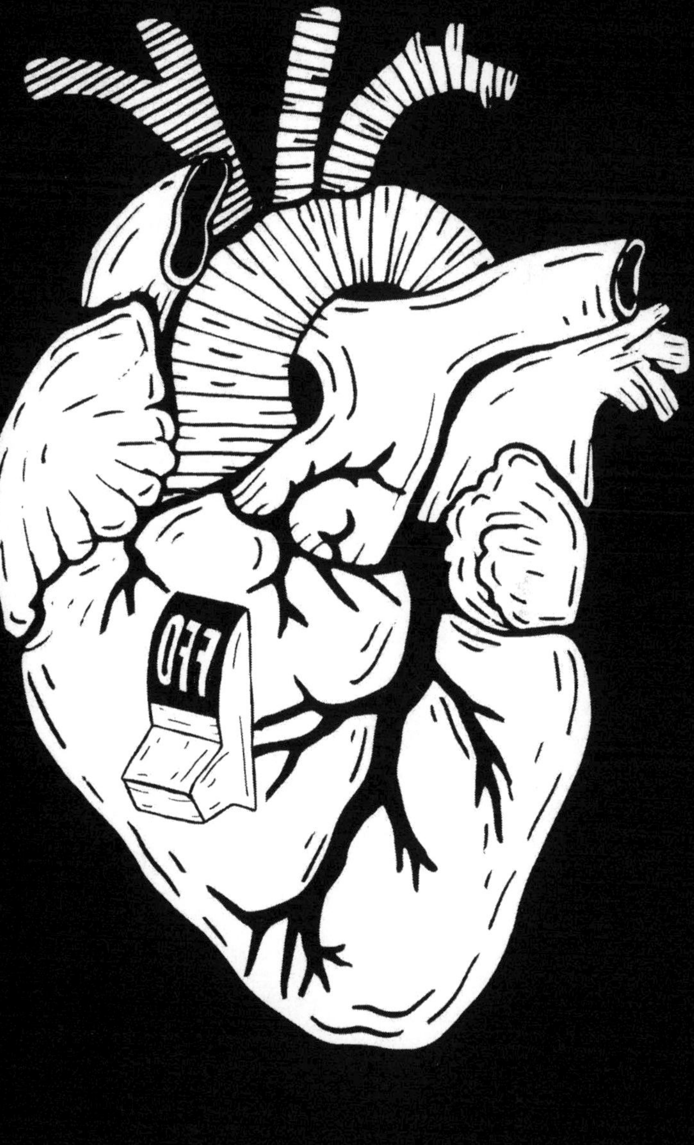
OFF

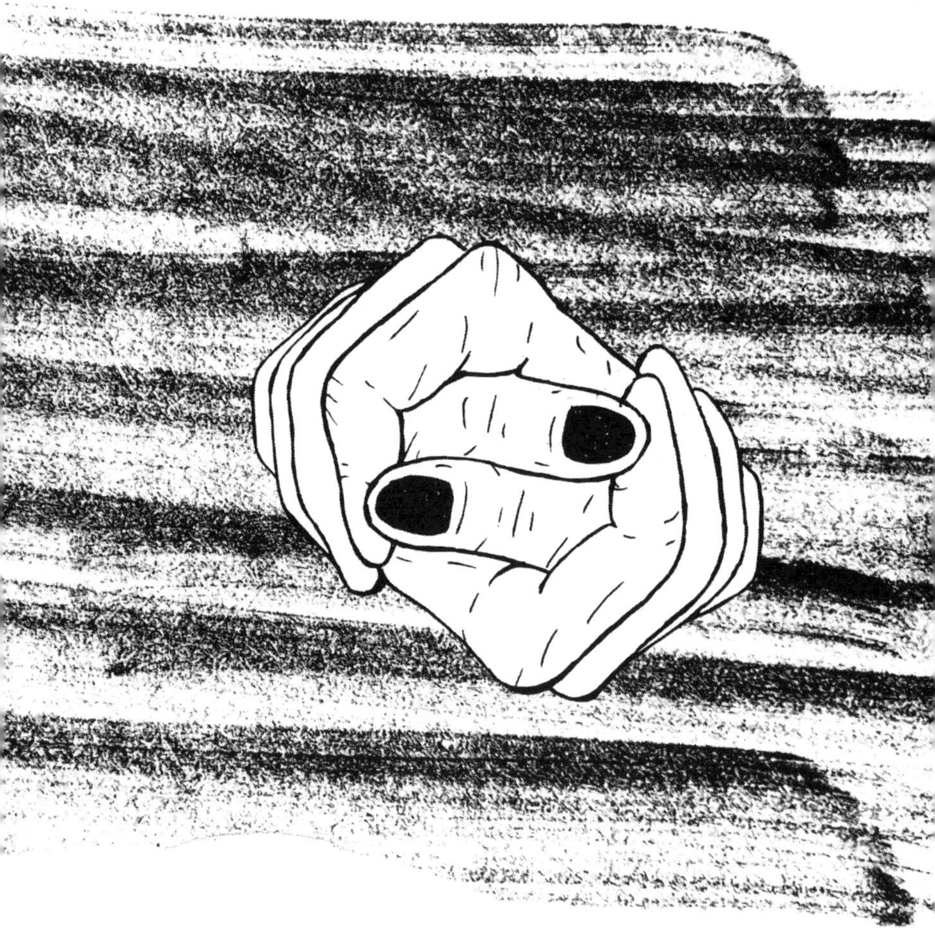

Liebe dich selbst

—

Liebe braucht die Bereitschaft beider Parteien, dass man sich ehrlich und nackt auf Augenhöhe begegnet.
Liebe ist kein Konzept, dass du dir erarbeiten kannst und dir dann den perfekten Partner erhoffst.
Es ist deine Bereitschaft, die Verantwortung, die du an dich selbst stellst, dich selbst zu ergründen.
Denn Intimität kann nur stattfinden, wenn wir tief in den anderen eintauchen und zulassen, dass wir mit jemandem verschmelzen.

Solange wir nicht wissen, wer wir sind und uns unserer selbst unsicher sind, haben wir Angst davor, jemanden einzuladen – tief in unser Innerstes.
Denn dann könnte derjenige ja das Chaos entdecken.

Wir müssen erkennen, dass wir uns selbst erstmal lieben müssen.
Wir alle wollen Liebe, Halt, gesehen werden. Doch sind wir bereit, dies nicht nur zu wollen, sondern auch zu geben?
Oft sind Beziehungen so festgefahren, da der eine liebt und bedingungslos gibt und der andere nimmt und nimmt.
Doch das hat nichts mit Liebe zu tun.

Liebe ist frei und für jeden zugänglich, das müssen wir verstehen.
Ja, wir alle haben negative Erfahrungen gemacht, aber es führt kein Weg daran vorbei, loszulassen, uns selbst zu lieben, um zu lieben.

Liebe lebt von unserer Bereitschaft, zu geben und empfangen zu können.

Hilfestellung

—

Manchmal wiegt alles in uns schwer.
Die Umstände verdichten sich zu einem riesigen Schmerzklotz und nehmen uns die Luft zum Atmen.
Die Schlinge um den Hals, sie wird immer enger und wir tun so, als ob es uns gut ginge.
Wir leiden, doch nur im Geheimen, da wir nicht wollen, dass uns jemand so sieht – verletzlich.

Doch wir alle wissen, wie es ist, verletzt zu sein und kein Licht am Ende des Tunnels zu sehen.
Wir alle kennen es, doch nur die wenigsten Menschen wagen, offen darüber zu sprechen.
Es erfordert sehr viel Mut, unseren Emotionen freien Lauf zu lassen, es erfordert sehr viel Stärke und sollte mehr wertgeschätzt werden.

Ich weiß, in unserer Gesellschaft ist es nicht so einfach, doch du darfst dich zeigen, du darfst dich wieder öffnen und dich deinen Mitmenschen anvertrauen.
Vertraue dich jemandem an, du musst diesen Klotz aus Schmerz nicht allein bewältigen.

Selbst wenn du dich entscheidest, den Berg voller Emotionen allein zu besteigen, hilft es, darüber zu reden.
Lass wieder Leben und Liebe in dein Herz hinein, auch wenn es sich so anfühlt, als hättest du es nicht verdient.

Ja, ich kenne das Gefühl, wenn der Schmerz so extrem wird, dass alles andere unwichtig und sinnlos erscheint.
Doch jeder Tag birgt eine neue Chance, die Sonne und das Licht am Ende des Tunnels sind oft näher, als man denkt, und auch das Glück könnte schon mit dem nächsten Schritt bei dir sein, denke bitte immer daran.

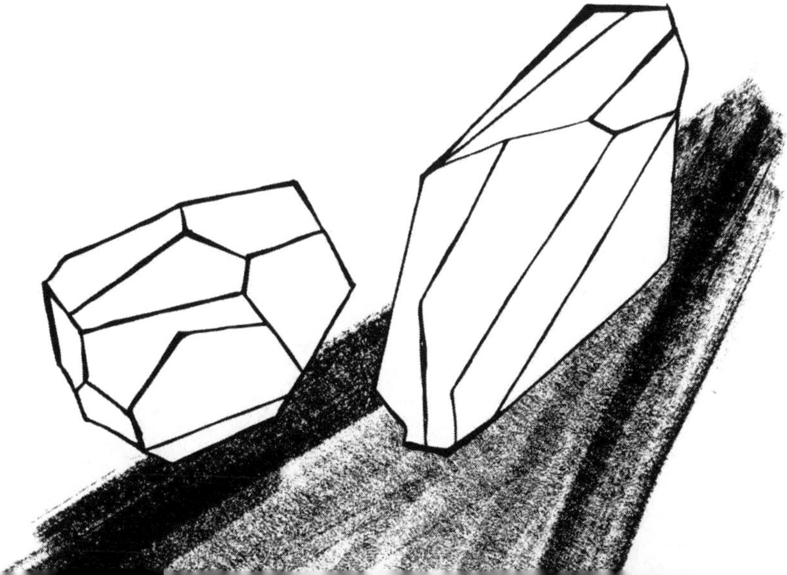

BLOOM WITH GRACE.

Achtsamer Schmetterling

—

Wir haben nur dieses eine Leben, wir sollten es genießen und achtsam sein.
Nur die wenigsten Menschen haben wirklichen Respekt und achten das Leben. Sie gehen nicht nur mit sich selbst, sondern auch mit ihren Weggefährten achtlos um.
Doch dabei ist es so wichtig, dass wir Körper, Geist und Seele in Einklang bringen, um Harmonie in uns und in der Welt zu fühlen.

Das Leben, es kann so schön sein, wenn wir anfangen, uns selbst und unser Umfeld wertzuschätzen. Wenn wir tief im Herzen verwurzelt sind und nicht nur im Verstand.
Wenn wir nicht nur Neid, Wut, Hass, Frust und Trauer in uns tragen, sondern Liebe, Freude und Leben.
Denn der Körper wird es uns danken und dessen gesunder Ausdruck sein, wenn unsere Seele achtsam und liebevoll durchs Leben geht.

Die Welt wird es uns danken, wenn wir die Natur und alle Lebewesen darin behüten, anstatt zerstörerisch zu sein.
Wir können als Beispiel vorangehen und diese Welt zu einem besseren Ort gestalten.
Es liegt an jedem von uns, das Beste aus uns und aus dieser Welt zu machen.

Liebe, lache, weine, tanze, lebe dein Leben und sei der inspirierende Schmetterling, der sich aus seinem Kokon befreit.

Dein Wirken

—

Selbst der kleine Stein, den du in ein Gewässer wirfst,
erzeugt eine Welle.
Dein Wirken ist bedeutend.
Egal wie unbedeutend und klein es dir erscheinen mag.
Wir meinen oft, nichts bewegen zu können, doch dem ist nicht so!

Sei es ein Lächeln, das du einem Fremden schenkst,
eine kleine Geste, die hilft – all das setzt etwas in Gang.
Es sind die kleinen Taten, die oft mehr bewegen als große Reden.
Sei dir darüber im Klaren, dass du, so wie jeder andere Mensch auch, diese Welt mitgestaltest. Du kannst entscheiden, was du in diese Welt geben willst; du kannst entscheiden, was du aus deiner Welt machst.

Entscheide dich doch für die Liebe, für die Freude und teile sie.
Geben macht dich glücklicher, als zu nehmen oder zu bekommen.
Wir können alle etwas bewirken, jeder für sich, bis eine gewaltige Welle an Emotionen sich über dem Schauer der Negativität bricht und das Dunkle wegschwemmt.

Jede noch so kleine Tat kann Großes und Wundervolles bewirken.
Jede noch so kleine Tat kann aber auch genauso negativ sein
und zerstören.

Deshalb sollten wir uns über jede noch so kleine erzeugte Welle Gedanken machen, sie könnte unser oder das Leben anderer verändern.

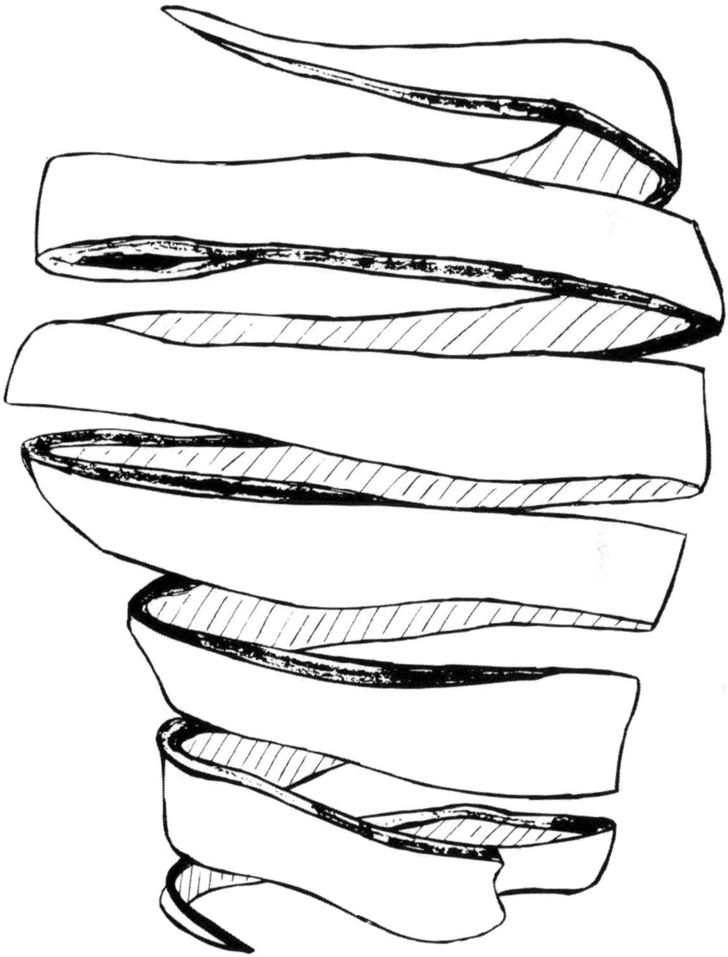

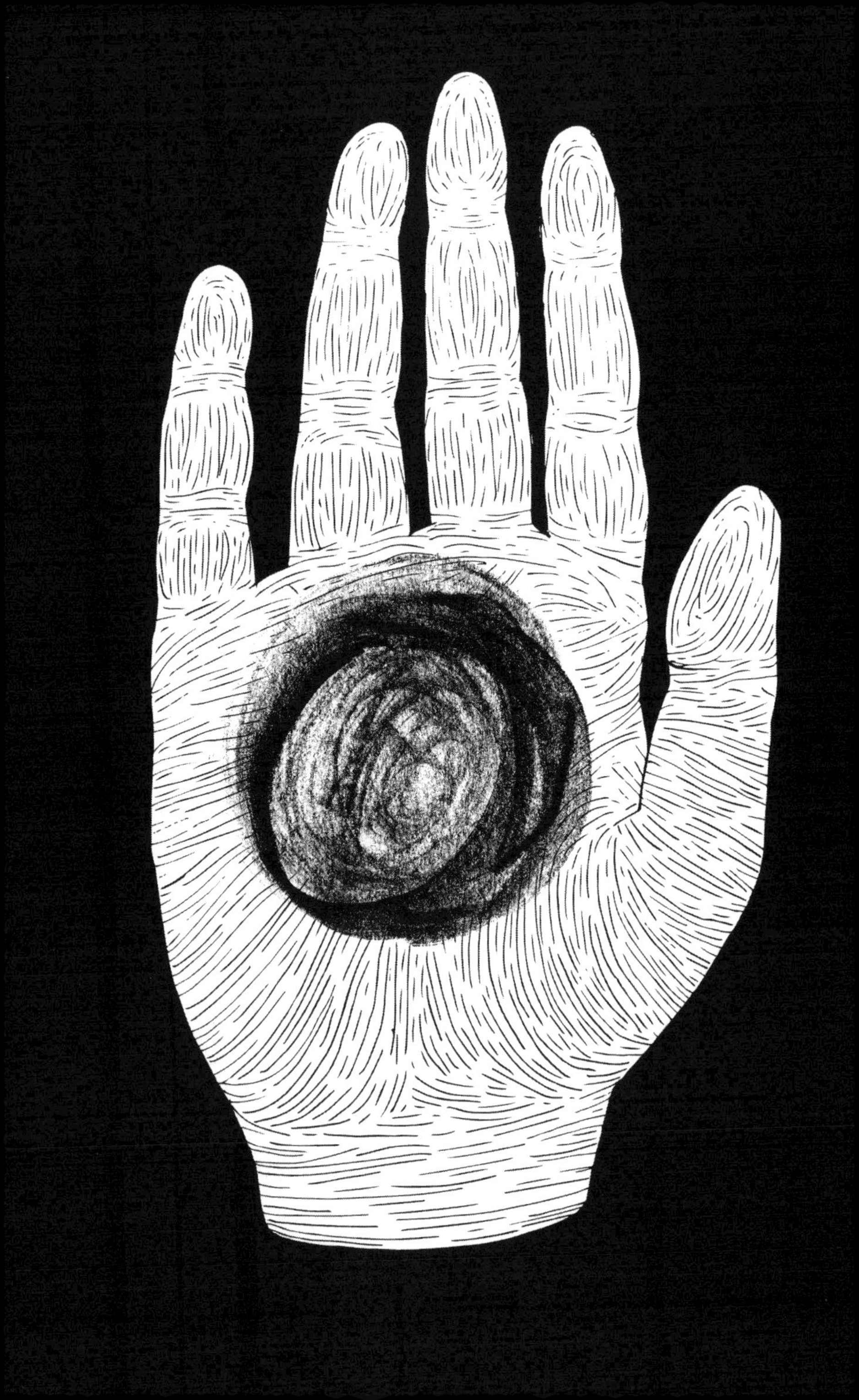

Lass uns leben

—

Halte mich, wenn ich Falle, ganz fest in deinen Armen,
ohne dass ich das Gefühl habe, dass du klammerst.

Streich mir sanft durch meine Haare, ohne dass ich deinen Blick
auf mir spüre, der eine Gegenleistung verlangt.

Rede mit mir und stell mir Fragen, ohne gleichzeitig zu erwarten,
dass ich mich dir sofort in Gänze öffne.

Gib mir das Gefühl, zu Hause zu sein, auf dass ich an
dieser Wohlfühloase auftanken kann,
ohne zu spüren, dass du direkt mit mir ins Bett willst.

Verweile bei mir und lass mich spüren, dass du mich nicht
wie einen benutzten Lappen in die Wäsche wirfst.

Hör mir zu, bring mich zum Lachen, lass uns spielerisch
uns immer näherkommen, um den Ernst des Lebens dadurch
einen Moment zu vergessen.

Überhäufe mich nicht mit Geschenken, um mich zu beeindrucken,
zeig mir, dass dein Reichtum im Herzen liegt.
Lass uns einfach gemeinsam die Welt ergründen und verreisen,
bis wir vielleicht irgendwann das Ende der Welt finden.

Hallo Du

Ich denke, wir sind uns ganz ähnlich,
auch wenn du es nicht glauben magst.
Ich bin ein Mensch voller Sehnsüchte und Träume.
Einer voller Vertrauen und manchmal auch Zweifel.
Einer voller Mut und manchmal auch Angst.
Einer voller Hoffnung, auch wenn das Leben oft zeigt,
dass ich vorsichtig sein sollte.

Und zwischen all dem ist das schönste,
was ich habe, meine Liebe.
Bereit, diese voll und ganz zu geben.
Bereit, deine voll und ganz zu empfangen.
Verbunden in der Zweisamkeit erschaffen DU und ICH ein WIR.
Auf dass es ewig halte.

Lass uns nicht auf die anderen schauen,
lass uns frei unsere Gefühle in uns selbst leben.
Lass uns unsere Gefühle nicht einschränken oder versuchen
diese ein- und auszuschalten. Denn nur in unserer vollen
Zuneigung, bilden wir die perfekte Harmonie.
Zwischen den einst geschriebenen Träumen und Sehnsüchten
schreiben wir dann den Einklang in unsere Unendlichkeit,
denn zwischen Liebe und Leben gibt es nur das WIR.

Lass mich der Leuchtturm sein,
der dein Schiff sicher in den Hafen bringt.
Setz den Anker fest – so fest,
dass kein Sturm uns jemals trennen könnte.
So wie ich auch meinen für dich bis in die Tiefen des Meeres
sinken lassen würde, um dir zu zeigen, dass unsere Liebe für
immer währt.

Auf dass jeder und der letzte Atemzug nur dir gilt,
in diesem und auch im nächsten Leben.

Du bist der Autor deiner Geschichte

—

Niemand hat das Recht,
in deiner Welt bestimmend zu sein.
Niemand hat das Recht,
dir zu sagen, was du fühlen sollst.
Niemand hat das Recht,
dir zu sagen, woran du glauben sollst.
Niemand hat das Recht,
dir zu sagen, was richtig ist.

Niemand außer dir selbst ist verantwortlich für dein Leben!

Jeder hat immer auf dich eingeredet.
Seine Wahrheit und seinen Glauben auf dich übertragen.
Damals warst du jung, vielleicht noch ein kleines Kind.
Du hast nie hinterfragt, jedoch stets gespürt, wie dein Herz
immer mehr und mehr vernarbte.

Dein Herz schlug in seinem eigenen Takt,
doch bis heute hast du es dir nicht erlaubt,
auf deine innere Melodie zu vertrauen.
Vertraue, selbst wenn du mal auf deiner Spur entgleist,
denn du weißt erst, was für dich bestimmt ist,
wenn du von dem Pfad abkommst.

Genau von diesem Pfad, der dir immer vorgegeben wurde.
Du kannst erst deine Kraft finden, wenn du es wagst, eigene
Wege zu gehen.
Wenn du es wagst, deine eigene Geschichte zu schreiben.
Wenn du wie ein Stern am Himmel leuchtest und jeder weiß,
wie einzigartig du bist.

Lebe und schreibe deine Geschichte, wie es dir beliebt, damit
auch du eines Tages der Autor deiner eigenen Geschichte wirst.

Einheit

Ich bin diese Art von Mann, der Nähe in unsere Begegnung bringt, obwohl unsere Welten verschieden sind.
Spüre ich diese tiefe Vertrautheit, ist kein Weg zu weit, kein Berg zu hoch, keine Entfernung ein Hindernis.

Ich bin diese Art von Mann, der weiß wie selten es ist, sich tief zu berühren, so als würde man verschmelzen.
Unsere Herzen kennen die Wahrheit bereits, nur der Kopf – der funkt gern dazwischen.

Ich bin ein Mann, der die gedanklichen Barrieren bricht, indem er dir das Gefühl gibt, dass er es ernst mit dir meint.
Würde ich dich belügen, würde ich mich selbst damit verletzen.
Komm und nimm meine Hand, lass uns zusammen ergründen, was es heißt, tief zu lieben.
Wir blicken uns so ehrlich in die Augen, dass wir beide sofort wissen, woran wir beim anderen sind.

Ich bin diese Art von Mann, der genug hat von den ganzen Spielchen – ich sehe dich!
Ich sehe dich in deiner Verletzlichkeit, in deinem Schmerz, denn auch ich habe schlechte Erfahrungen gemacht.
Doch ich bin da und helfe dir, lass uns gemeinsam wachsen und uns zu neuem Glanz erheben. Lass den alten Schmerz keine Macht mehr über uns haben – als Einheit sind wir stark.

Ich bin dieser Mann, der sich selbst lieben kann, ohne, dass du mir etwas geben musst.
Das eröffnet uns eine neue Dimension von Liebe.
Eine nie da gewesene Weite, die sich wie eine gründuftende Wiese sinnlich in unseren Herzen verewigt.
Nimm meine Hand und lass uns zusammen gehen, zusammen das Leben und seine Hürden nehmen. Zusammen als eine Kraft das Leben endlich leben.

Vergib dir selbst

Wir alle sind nicht fehlerfrei und weit von Perfektion entfernt. Wir meinen oft, alles kontrollieren zu können, und versuchen, alles so zu formen, dass wir ja niemanden verletzen.

Wir nehmen Rücksicht auf Menschen, obwohl wir wissen, dass wir uns selbst damit belügen.
Wir unterdrücken Worte, Gedanken und Gefühle, nur um niemandem wehzutun oder anderen zu gefallen.

Manches mag jemanden verletzen, doch wenn wir uns selbst belügen und unsere Impulse unterdrücken, verletzen wir uns damit nur selbst.
Es liegt nicht in deiner Macht, ob dich jemand verletzt oder sich angegriffen fühlt.
Doch du kannst entscheiden, was du aus diesen Begegnungen und Erfahrungen machst und wie du für dich damit in Zukunft umgehen willst.

Du warst damals ein anderer Mensch, ganz anders als du heute bist, also darfst du dir und allem, was war, vergeben.
Vergib dir selbst und anderen – denn nur so können wir unser Herz wieder öffnen und die Welt trotz all der Narben mit offenen Armen empfangen.

Buch des Lebens

—

Am Ende wollen wir doch alle dasselbe.
Zwar unterscheiden wir uns durch unsere Erfahrungen,
doch diese sind nur eine Geschichte, die geformt wurde.

Wir alle wollen lieben, geliebt werden und einen
Sinn im Leben haben.
Wir meinen, der Autor unserer Geschichte zu sein,
und schreiben täglich bewusst wie unbewusst neue Kapitel.
Wir suchen, wir arbeiten am Buch des Lebens.

Wir müssen verstehen, dass es der Sinn des Lebens ist, zu leben.
Hier und jetzt, in diesem Moment seine Herzensenergie voll zu
aktiveren, sie nicht durch Gedanken an die Zukunft oder Vergan-
genheit zu blockieren.

Strebe nach äußerer Schönheit, aber vergiss nicht,
sie wird vergehen.
Arbeite hart, häufe dir Geld an, doch ins Grab
kannst du deinen Reichtum nicht mitnehmen.
Du kannst studieren, ohne Ende Bücher lesen, aber
ohne das Wissen auch zu leben, bleibt die Weisheit fern.

Was wollen wir eigentlich wirklich?
Wir wollen leben, uns lebendig und auch wertvoll fühlen.
Wir wollen geliebt und geschätzt werden,
so schwer kann das doch nicht sein.

Kraft des Glaubens

—

Dein Glaube kann Schönes erbauen oder das eigene Kartenhaus zu Fall bringen. Hierbei geht es nicht unbedingt um Religion, es geht rein darum, was Glaube für Kräfte in uns freisetzen kann. Sei es der Glaube an etwas Bestimmtes oder der Glaube an uns selbst.

Erst wenn wir uns fallenlassen und für etwas brennen können, werden wir Kräfte entwickeln, die sich unserer Vorstellungskraft entziehen.

Hätte ich damals nicht an mich geglaubt, an meinen Traum, würde ich heute nicht dort stehen, wo ich mich befinde.
Hätte ich nicht das Vertrauen zu mir selbst gehabt, den Glauben, dass alles gut werden würde, hätte ich vielleicht niemals angefangen, Bücher zu schreiben.

Diese Zeilen wären also niemals entstanden und du würdest sie jetzt nicht lesen.
Du siehst, der Glaube an etwas, der Glaube an uns selbst, kann dein ganzes Leben verändern. Er kann uns unvorstellbare Kraft verleihen, uns wieder hoffen lassen, uns Mut und Kraft spenden in schwierigen Zeiten.

Verliere bitte nicht den Glauben, er ist so wichtig, auf so vielen Ebenen. Dann übernimmt das Leben für dich das Ruder und alles wird entspannter, liebevoller und mit einer ganz anderen Intensität gelebt.

Ich glaube an dich, bitte glaub auch du an dich!

Dunkle Stürme

—

Nach Jahren der Enttäuschung und der Schmerzen bin ich endlich aus dem Meer der Emotionen aufgetaucht. Hab ganz behutsam den Blick erhoben und in den Himmel geschaut.

Die düsteren Wolken ziehen vorbei, ich spüre tief in mir eine neugewonnene Energie und Kraft. Zu lange war ich dem Sog nach unten gefolgt, gleitend trieb es mich immer mehr hinab. Eine negative Emotionsspirale, die mich immer tiefer und tiefer zog, bis ich den Meeresgrund erreichte.
Von der Klippe gefallen, oder bin ich doch geschubst worden?

Das war fortan nicht mehr wichtig, denn ich hatte ein klares Ziel vor Augen: den Weg nach ganz oben.
So nahm ich den Weg von unten nach oben.
Manchmal zog mich ein Sog wieder hinab, doch aufgegeben habe ich nie.

Was ich damit sagen will ist Folgendes:
Jeder von uns prallt mal auf einem harten Boden oder dem Meeresgrund auf.
Jeder von uns war schon an dem Punkt, wo er dachte, es geht nicht weiter.

Wir alle haben gedacht, wir könnten nicht wieder aufstehen oder erholen uns nicht von den Schmerzen, doch haben wir es immer wieder nach oben geschafft.
Es hat uns viel Kraft gekostet, aber für die Zukunft auch viel Kraft geschenkt.

Denke einfach daran, dass nach jedem dunklen Sturm die Sonne auf dich wartet und dir wieder Glanz und Liebe für dein Leben schenkt.

Gebrochene Seele

Eine gebrochene Seele, sie weint Tränen, die niemand sieht und spricht eine Sprache, die fast keiner versteht.
Sie kommuniziert mit uns, aber nur selten hören wir ihr auch wirklich zu.

Sie signalisiert uns, dass sie so nicht mehr weitermachen kann, dass sie am Ende ist, und doch treten wir immer wieder auf sie ein oder ignorieren sie.
Dabei ist es so wichtig, einen gesunden Ausgleich für die Seele zu finden.

Sie nicht immer nur zu belasten, sondern ihr auch mal Freude und vor allem Ruhe zu schenken.
Viel zu oft und lange lassen wir es zu, dass sie leidet.
Aber auch die Seele hat irgendwann keine Kraft mehr.
Sie braucht Energie, um aufzutanken.

Gönn dir also auch mal eine Auszeit, es ist so wichtig im Leben.
Finde deinen inneren Frieden.
Schließe mit dem ab, womit du abschließen solltest.
Tanke auf und schenk deiner Seele, deinem Herzen und deinem Leben endlich die Liebe, die sie verdienen.
Deine Seele wird es dir danken, du findest innere Ruhe, kannst tiefer atmen und triffst künftige Entscheidungen mit mehr Bedacht.

Achte stets auf deine Augen, denn sie sind der Spiegel und das Tor zur Seele.

Dankbarkeit

—

Wir meinen, dankbar zu sein, doch nehmen zu vieles einfach als selbstverständlich hin.
Es kann so unfassbar bereichernd sein, Dankbarkeit in sein Leben zu integrieren.
Dankbarkeit ist wie ein Rezept für Glück.

Doch vielleicht sind unsere Ansprüche einfach nicht kompatibel mit der wirklichen Essenz des Glücks.
Wenn wir ein Dach über dem Kopf haben, uns aussuchen können, was wir heute zu Mittag essen, geht es uns schon sehr viel besser als so vielen anderen Menschen auf der Welt, die an Hunger leiden.

Ich habe einen gesunden Körper, der mich in jede Richtung trägt, in die ich gehen möchte. Zwei Arme, die die Lasten stemmen und mir das Leben erleichtern.
Meine Lungen sind gesund und atmen die frische Luft.
Mein Leben ist von so viel Fülle geprägt, solange ich nur die Augen dafür öffne.

Selbst für Momente können wir dankbar sein, dass wir heute gesund erwacht sind und ohne Schmerzen ins Bett fallen.
Für Menschen, die liebevoll unser Leben bereichern und immer zu uns halten, in allen Lebenslagen.

Mach dir einfach mal eine Liste und schreib alles auf, was dich mit Dankbarkeit erfüllt.
Du wirst merken, dass es einige Punkte geben wird.
In Dankbarkeit lässt sich das Leben viel entspannter leben und weckt in uns positive Gefühle, die wir wiederum mit anderen teilen können.
Dies wirkt sich natürlich dann auf unser Umfeld aus.

Es ist wie ein Lächeln, es steckt an!

be thankful

Dieser eine Mann

—

Ja, es gibt diesen Mann, nachdem du dich sehnst!
Dieser Mann ist kein Mythos oder eine Hollywood-Vorstellung, er ist genau das, was du bereit bist, zu geben.

Er wird nicht aus dem Himmel fallen, sondern du wirst ihn in dein Leben ziehen, wenn du bereit dafür bist.
Denn es ist ein Mann, der zuhören kann, er gibt dir die Wertschätzung, die du verdienst.

Er weiß, wie schmerzhaft es sich anfühlt, nur benutzt zu werden, nur vorgespielt zu bekommen, dass man dem anderen wichtig ist.

Er nimmt sich die Zeit, sich mit dir auf Augenhöhe zu verbinden, in deinen Themen zu versinken.

Er gibt dir nicht nur das Gefühl, dass er sich für dich interessiert, seine Taten unterstreichen dies.

Er spürt in deiner ganzen Präsenz was dich berührt, er tastet sich behutsam in deine Nähe vor, ohne dich zu bedrängen, da er weiß, dass es seine Zeit braucht, um sich zu öffnen.

Dieser Mann weiß genau, was er will und hat es nicht nötig, dir etwas vorzumachen, er zeigt es dir und geht in eine offene Kommunikation, die die Türen zu echter Nähe öffnet.

Er ist in seiner männlichen Kraft verhaftet und hat es nicht nötig, Macht über dich auszuüben, durch physische Gewalt oder emotionale Manipulation.

Er kann genauso zärtlich wie stark sein, nicht für dich, sondern da es seine Natur ist und diese gelebt werden will.

Er hat keine Erwartungen an dich, doch fühlt er sich selbst in dem geborgen, was er zu geben hat.

Es hält ihn an keinem Ort, an dem dies nicht auf Gegenseitigkeit beruht.

Es sollte dir bewusst sein, dass der Wunsch danach auch gleichzeitig mit Geben verbunden ist. Denn eine Begegnung dieser Art fordert Vieles, das so noch nie erfahren wurde.

Das Versteckspiel zu beenden, bereit zu sein, sich seinen Ängsten zu stellen. Denn wahre Nähe, Geborgenheit, sich fallenzulassen bedeutet nicht, dass eine Traumvorstellung in Erfüllung geht, es heißt, gemeinsam in diese Richtung zu wachsen.

Niemals werden zwei Welten aufeinanderprallen und zu einer verschmelzen, ohne die Bereitschaft, sich gegenseitig zu bereichern. Ein Geben und Nehmen, ein Sehen und Gesehen-Werden.

Doch ist es nicht zu verwechseln mit Abhängigkeit, in der Erwartung, mein Partner müsse mich aus meinem Loch befreien, gar mir die Leiter zum Fluchtversuch reichen.
Denn nur, wer mit sich selbst im Reinen ist und die Kraft der Selbstliebe für sich entdeckt, ist bereit, seinem Gegenüber bedingungslos zu begegnen.

Ansonsten ist es nur ein Nehmen, in der Hoffnung, gerettet zu werden und diese Mangelhaltung zieht auch Passendes an, vergiss das bitte niemals.

Ehrliche Beziehung

Wir haben oft ein falsches, krankes Bild von Liebe, geprägt von den Medien, die uns vorleben, was eine Liebesbeziehung ausmacht. Doch in der realen Welt ist eben nicht immer alles rosig und man bekommt nicht immer ein Happy End.

Es ist viel eher so, dass einem durch viele Erfahrungen erst richtig bewusst wird, was wirklich wichtig ist.
Viele Menschen verstehen einfach nicht, dass es auch darum geht, in den Tiefen zusammenzustehen, um daran zu wachsen.

Sobald es kritisch wird, rennen wir davon und blockieren unser Inneres. Keiner stellt sich mehr der Situation, aus Angst, man könnte wieder verletzt, abgelehnt oder enttäuscht werden.

Doch soll ich euch was sagen:
Genau diese innere Haltung ist dafür verantwortlich, dass wir ständig nur oberflächliche und keine intimen Beziehungen führen, denn in einer emotionalen, nackten, freien, tiefgreifenden Beziehung muss man tiefer blicken und bereit sein, sich vollkommen zu offenbaren.

Wenn ich nur dann bereit bin, mich auf jemanden einzulassen, wenn alles schön ist, ist es von Anfang an zum Scheitern verurteilt.

So wie das Leben, hat jede Beziehung ihre Höhen und Tiefen.
Die Tiefen sollten liebevoll, kommunikativ als Einheit gemeinsam getragen und nicht als gesonderte Schlacht geführt werden.
Wir neigen viel zu schnell dazu, dem anderen die Schuld zu geben, doch wenn man sich inmitten all der Stürme begegnen kann, auf Augenhöhe, mit Respekt, Vertrauen und Zusammenhalt, hat diese Beziehung Bestand und Zukunft, da ihre Wurzeln tief greifen und nicht loslassen, nur weil Loslassen gerade einfacher wäre.

Bereitschaft, zu geben

—

Ich gebe dir gern alles, was ich dir geben kann.
Ich gebe dir mein Vertrauen,
meine Liebe,
schenke dir mein Lächeln und zeige dir auch meine Tränen.

Ich erzähle dir von meinen Hoffnungen, Sehnsüchten und Träumen.
Ich bin bereit, mich zu öffnen, dir alles zu geben, was du verdient hast.

Ich schließe meine Augen und lege mein Herz in deine Hände.
In der Hoffnung, dass du es zu schätzen weißt, es nicht verletzt oder sogar brichst.
In der Hoffnung, dass du damit nicht spielst.
In der Hoffnung, du wirst damit umgehen, als wäre es dein eigenes Herz.

Betrachte es genau, mein Herz.
Du wirst sehen, es hat schon viele Kämpfe hinter sich, etliche Male wurde es fallengelassen und verletzt.
Siehst du die Narben, die es trägt?
Jede davon steht für eine Geschichte und könnte ein Meer voller Tränen füllen.

Ich lege dir mein Herz in die Hände, sei du der Mensch, der es schützt, achtet und liebt, und ich verspreche dir, es wird dir eine Liebe schenken, wie du sie von dieser Welt nicht kennst.

Steh auf

Das Leben kann hart und grausam sein, das haben wir alle schon zu oft am eigenen Leib erleben müssen.
Gefangen und gefesselt von Gedanken und Erinnerungen, die einfach nicht loslassen wollen.

Man verfällt ihnen im Ganzen, versinkt im Chaos, gräbt sich seine eigene Grube und gelangt an einen Punkt, wo es scheinbar nicht schlimmer sein könnte.

Viel zu oft diesen Moment erreicht.
Viel zu oft gedacht, es würde nicht tiefer gehen.
Viel zu oft geweint.
Viel zu oft gekämpft und gehofft und am Ende doch alles verloren.

Das sind Zeilen und Worte, die sicherlich jeder kennt.
Viel zu viele von uns vergessen aber, wie oft sie wieder aufgestanden sind.
Wie oft sie all diese Trümmer immer wieder neu aufbauten und dem Leben und sich selbst wieder eine Chance gaben.
Wie oft sie doch mehr Kraft hatten, als sie es selbst glaubten.

Jeder von uns kam oder kommt an diesen Punkt, immer und immer wieder, auch wenn es oft und in den ersten Momenten, Tagen, Monaten oder Jahren nicht so scheint.
Jeder von uns steht wieder auf, nimmt all seine Kraft zusammen und schenkt seinem Leben neue Hoffnung.

Auf dass es besser wird,
auf dass es schöner wird,
auf dass das Wort Leben endlich seine Bedeutung findet.

Bitte stehe immer wieder auf.

Melde dich

—

Es ist schön, dass es noch Menschen gibt, denen du vertrauen kannst, denn ohne sie wäre das Leben manchmal ein hoffnungsloser Kampf.

Menschen, die für dich da sind, wenn du mal wieder den Boden unter den Füßen verlierst.
Menschen, die dir Halt geben, wenn du zu fallen drohst.
Menschen, die dir zuhören, wenn du etwas auf dem Herzen hast oder einfach, weil sie dir gerne zuhören.
Menschen, die gerne Zeit mit dir verbringen, nicht nur, wenn sie gerade ein Problem haben und dafür jemanden brauchen.
Menschen, die dir Liebe schenken, nicht nur, wenn du gerade etwas Gutes getan oder ihnen etwas geschenkt hast, sondern weil sie dich einfach lieben – für nichts und für alles.

Diesen Menschen sollte man öfter mal danken, denn sie sind es, die unsere innere und auch äußere Welt oft so viel schöner machen.

Und ich bin mir sicher, dass du gerade an jemanden denken musstest.

Nimm also für einen kurzen Moment dein Handy in die Hand und schreibe ihm oder ruf diesen Menschen an, ich bin mir sicher, dieser Mensch wird sich sehr freuen.

Danke an alle Menschen, die immer für mich da waren und an mich geglaubt haben.

DANKE!

esc

Es geht weiter

Es klingt immer so einfach, wenn andere sagen „Trenne dich von dem, was dich runterzieht“.
Als würden wir uns aussuchen, was wir fühlen oder Gefühle einfach ein- und ausschalten können.
Wir sollen akzeptieren, was wir nicht ändern können, aber um das kämpfen, was uns weiterbringt.

Oft vergessen Menschen dabei, dass das Einzige, was man will, genau das ist, was man gerade nicht bekommen kann.
Dass das Einzige, was unseren Schmerz lindert, dieser eine Mensch ist, der diese bestimmten Worte sagt oder etwas tun kann, damit unsere Welt wieder glücklich und lebenswert scheint.
Aber wie so oft passiert genau das leider nicht und alles fühlt sich mit jedem Augenblick schlimmer an.

Aber denke daran: Bevor es besser wird, wird es meistens schlimmer.
Jede Wunde hat ihren Höhepunkt der Schmerzen und auch wenn sie als Narbe bleibt, zeigt es uns im Grunde genommen nur Eines, nämlich wie stark wir waren und sind.

Wir sollen akzeptieren, was wir nicht ändern können und um das kämpfen, was uns weiterbringt, und auch wenn wir nicht immer im ersten Moment wissen, was das gerade ist oder nicht ist, geht es weiter für uns.

Mit jedem Moment ein Schritt in Richtung Freiheit, Liebe und Leben.

Vergessen

—

Manchmal, da wollen wir einfach nur vergessen oder wünschen uns, bestimmte Erfahrungen nie gemacht zu haben.

Wir wünschen uns, den Menschen, den wir gestern über alles geliebt haben, einfach vergessen zu können.

Wir wünschen uns, an einen bestimmten Punkt in unserem Leben einfach zurückspulen und alles verändern zu können.

Man sagt, jemanden vergessen zu wollen, den man liebt, ist wie der Versuch, sich an jemanden zu erinnern, den man niemals traf. Demnach scheint es unmöglich.

Wir halten uns selten an das Gute, aber fast immer an das Schlechte.

Wir sind fähig, hundert gute Dinge zu ignorieren, aber eine schlechte Tat auf die Goldwaage zu legen.

Wir müssen verstehen, dass wenn ein Mensch einmal unser Herz berührt hat, er immer einen Platz dort haben wird, sei er noch so klein, und das ist doch auch vollkommen okay.
Dieser Mensch hat uns schließlich auch mal schöne Zeiten geschenkt.

Und gerade dann, wenn wir wieder versuchen, zu vergessen, erinnern wir uns am meisten.

Freiwillig

—

Wenn du einem Menschen begegnest,
der dein Leben bereichert,
dich glücklich macht
und sogar dein Herz berührt,
dann halte ihn nicht direkt fest.

Fühlt dieser Mensch das Gleiche wie du,
wird er freiwillig bei dir bleiben.
Er wird dir Luft zum Atmen geben,
dir Platz geben, um dich zu entfalten,
dir Raum geben, um darin zu wachsen
und dir am Ende ein Herz schenken,
das dich lieben wird.

Hinter der Maske

Viel zu oft ver- und beurteilen wir Menschen, die wir im Grunde genommen kein Stück kennen.
Im gleichen Zuge wünschen und wollen wir komischerweise aber von niemandem verurteilt werden.

Wir sollten erst einmal hinter die Mauern eines Menschen schauen und vielleicht mal in seinen Schuhen gehen, natürlich nur sinnbildlich gemeint, bevor wir uns ein Bild von einem Menschen machen.

Es ist immer leichter, über die Fehler anderer zu lachen, als sich seine eigenen einzugestehen.

Es ist immer leichter, bei anderen die Fehler zu suchen als bei uns selbst.

Es ist immer leichter, über andere zu lästern, statt zu versuchen, das Schöne in und an ihnen zu sehen.

Wir sollten versuchen, ihre Ängste zu erkennen und auch unsere Ängste mit ihnen teilen.
Erst dann werden sie sich dir im Ganzen offenbaren und du wirst sehen, wie zerbrechlich diese Menschen hinter all ihren Masken sind.

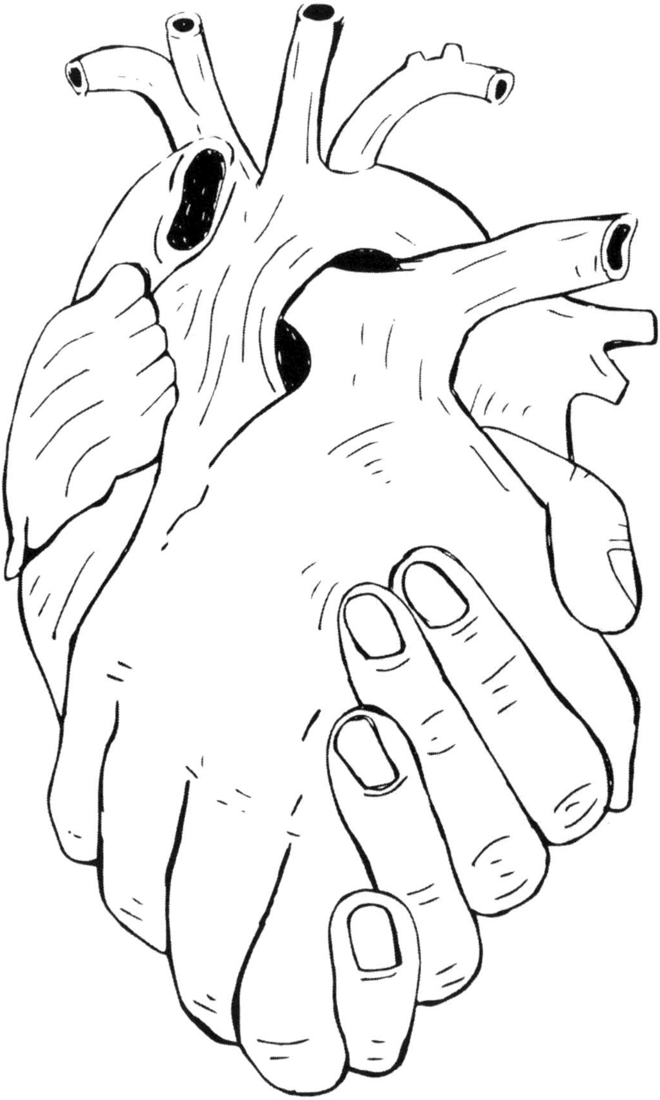

Was ich dir wünsche

—

Ich wünsche dir einen Menschen, der dir in die Augen schaut und sieht, wovon du träumst.

Einen Menschen, der nicht nur hört und versteht, was du sagst, sondern gerade das, was du nicht sagst.

Ich wünsche dir einen Menschen, der immer deine Hand hält, gerade dann, wenn es schwierig wird.

Einen Menschen, der erkennt, wovor du dich fürchtest und deine Ängste gemeinsam mit dir besiegt.

Ich wünsche dir einen Menschen, der deinem Herzen lauscht und spürt, was du fühlst.

Einen Menschen, der dich mit Stolz seinen Freunden vorstellt und dich niemals leugnet.

Ich wünsche dir einen Menschen, der hinter dir steht, wenn du Entscheidungen treffen musst und dich noch fester hält, wenn sie mal falsch waren.

Einen Menschen, der in dir seine Zukunft sieht.

Ich wünsche dir einen Menschen, der dich einfach glücklich macht, ganz gleich wie dieses Glück aussieht. Auf dass ihr ewig glücklich seid und euch beide niemals etwas trennen kann.
Ich wünsche dir einen Menschen, der dich über alles auf dieser Welt liebt und noch darüber hinaus.

Einen Menschen, der dich immer als richtige Entscheidung sehen wird.

Ich wünsche dir einen Menschen, von dem du immer geträumt hast, auf dass dieser Traum Realität wird und niemals endet.

Wie wichtig ist es wirklich

Ist es nicht egal,
ob ein Mensch dick oder dünn ist?

Ist es nicht egal,
ob ein Mensch reich oder arm ist?

Ist es nicht egal,
ob ein Mensch hübsch oder hässlich ist?

Ist es nicht egal,
ob er ein großes oder kleines Auto fährt?

Ist es nicht egal,
ob er Banker, Kaufmann, Bäcker ist, oder etwas anderes beruflich macht?

Ist es nicht egal,
ob er Deutscher, Türke, Italiener oder welche Nationalität auch immer ist?

Es gibt so viele andere wichtige Faktoren als die oben gelisteten. Wenn wir anfangen, das zu verstehen, sind wir bereit, jedem Menschen mit Respekt und ganz anderen Augen zu begegnen.

be kind.
be kind.
be kind.
be kind.

Hör auf

Höre auf, immer wieder unglücklich mit dir zu sein, denn glaub mir, du bist wunderschön, genauso wie du bist.

Höre auf, ständig wie die anderen oder jemand anderes sein zu wollen, denn es gibt Menschen, die dich genau deswegen lieben, weil du bist, wie du bist.

Höre auf, der Aufmerksamkeit hinterherzujagen, von Menschen, die dich ständig verletzen.

Höre auf, deine Macken, deinen Körper, dein Gesicht oder sonst was an dir zu hassen.

Liebe all das!

Ohne all diese Dinge wärst du nicht du und schon wieder auf der Suche nach einem anderen Menschen in dir selbst.

Es wird immer den einen oder anderen geben, der was zu meckern hat, lächle darüber hinweg und sei glücklich mit dir selbst.

Es wird immer den einen geben, der auf dich zeigt und etwas Schlechtes sagt, glaube mir, er ist mit sich selbst auch nicht zufrieden.

Ich liebe meine Macken,
meine Fehler, sie gehören ebenso zu mir, wie auch alles Schöne.

Ich liebe es, dass ich nicht perfekt bin.

Ich liebe es, ich zu sein, wer wäre ich auch, wenn ich das nicht tun würde?

Manchmal bin ich ziemlich eigenartig, aber auch das liebe ich an mir. Und so wie ich alles an mir liebe, sei auch du bereit und fähig, alles an dir zu lieben.

Lass sie tun

Sie verletzen dich, aber vergessen,
dass sie dich auch stark machen.

Sie kritisieren dich, aber vergessen,
dass sie dich auch interessant machen.

Sie beneiden dich, aber vergessen,
dass sie dich auch wertvoll machen.

Sie beleidigen dich, aber vergessen,
dass sie dich auch reifer machen.

Sie verarschen dich, aber vergessen,
dass sie dich auch scharfsinnig machen.

Sie tun all das, weil sie mit sich selbst nicht zufrieden sind.
All das, um von ihren Problemen abzulenken.
Und weißt du, was das Schönste ist?
Dass sie dir zwar das Schlimmste wünschen, aber eines Tages
verkraften müssen, dass dir das Beste passiert ist.

YOU CAN
DO YOUR
OWN
WAY

Mauer

—

Ich wurde belogen.
Ich habe eine Mauer um mich gebaut.

Ich wurde verletzt.
Ich habe eine Mauer um mich gebaut.

Ich wurde verarscht.
Ich habe eine Mauer um mich gebaut.

Ich wurde fallengelassen.
Ich habe eine Mauer um mich gebaut.

Ich wurde gemobbt.
Ich habe eine Mauer um mich gebaut.

Ich habe gekämpft und verloren.
Ich habe eine Mauer um mich gebaut.

Immer wieder baute ich Mauern und Mauern und verlor mich immer mehr.
Ich bin kalt geworden.
Hatte Angst vor Nähe.
Vertrauen, Liebe und Leben wurden zu Fremdwörtern.

Ich wollte dem Leben entfliehen und doch wollte ich in Wahrheit nur ein glückliches Leben.

Ich habe angefangen, die Mauern ein Stück abzutragen und es gewagt, wieder zu vertrauen. Ich lernte Menschen kennen, die mir gerne zuhören und bei denen meine Geheimnisse gut geschützt sind.

Ich habe weitergemacht mit dem Abtragen der Mauer und mich mehr geöffnet.

Ich habe Menschen kennengelernt, die mich heute sehr lieben und die ich über alles liebe.

Noch ein Stück mehr von der Mauer, ich habe angefangen, mich selbst zu lieben und der Welt mein Lächeln zu schenken. Ich treffe jeden Tag Menschen, die mir ein Lächeln zurückschenken.

Und auch das letzte Stück der Mauer habe ich abgetragen, ich fühle mich so frei und glücklich.

Ich bin endlich bereit, dem Leben jeden Tag neu zu begegnen.

Wahrhaftige Stärke

—

Manchmal da weine ich.
Manchmal da schreie ich.
Manchmal da brülle ich.
Manchmal da kreische ich.
Manchmal da bebe ich.

All das passiert in meinem Inneren.
Mein Äußeres ist sicher und lächelt.

Mit der Zeit lernen wir, unsere Schmerzen immer weiter zu verbergen.
Wir wollen nicht, dass jemand sieht, wie verletzlich wir sind.
Dass wir schwach sind, unser Akku längst leer ist, wir einfach keine Kraft mehr haben.
Wir lächeln unseren Liebsten ins Gesicht, weil wir nicht wollen, dass sie unseretwegen genauso traurig sind.

Wir zeigen nach außen lieber den starken Menschen.
Gleichen dem Abbild eines Löwen, obwohl das Innere höchstens der Beute eines Löwen gleicht.

Und dann ist es mal wieder so weit, wir können uns nicht mehr halten. Wir weinen und weinen und schreien uns all den Schmerz von der Seele.
Irgendwann ist das Fass voll.

Weinen gehört zu jedem starken Menschen dazu.
Man sagt, die wirklich Starken unter uns, sind jene, die unter Tränen lachen, eigene Sorgen verbergen und andere glücklich machen.

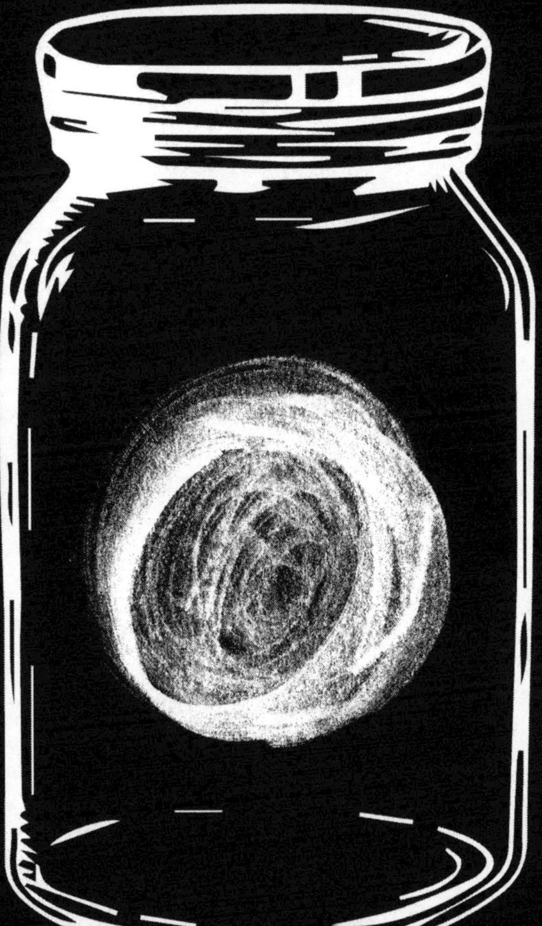

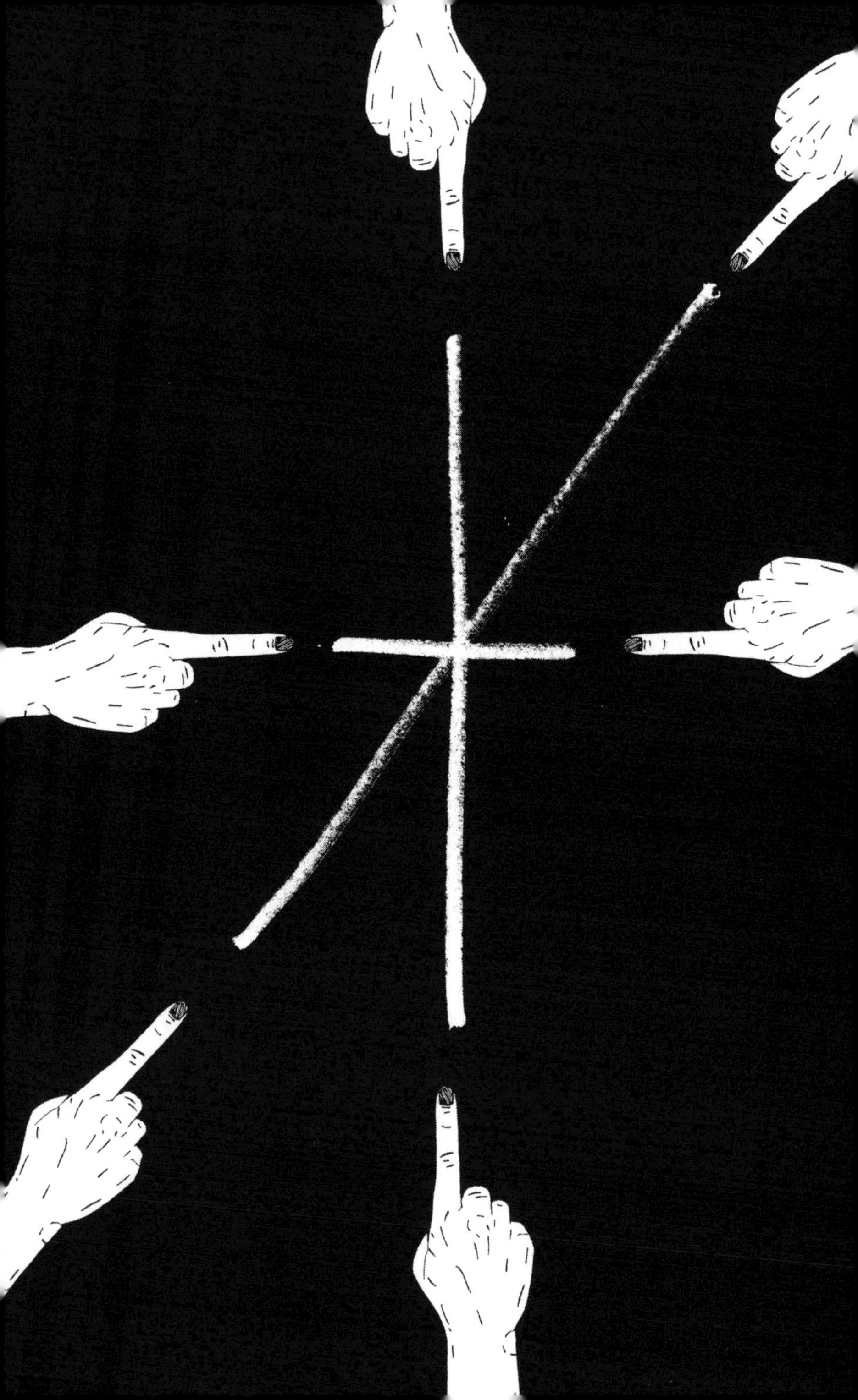

Schuld

—

Suche die Schuld nicht immer bei dir.
Suche die Schuld aber auch nicht immer bei anderen.
Und manchmal ist es ganz egal, wer schuld ist.

Manchmal denkt man viel zu lange darüber nach, was man falsch gemacht hat, und merkt dann, dass man gar nicht schuld war.
Es ist immer einfach, die Schuld bei seinem Gegenüber zu suchen und ihm die ganze Schuld zu geben.

Oft ändert das aber leider nichts am Ergebnis, also sollten wir uns wirklich fragen, wie wichtig es ist, den oder die Schuldigen zu finden.

Viel eher geht es um das, was danach passiert, denn gewisse Aktionen verändern nun mal vieles im Leben.
Auch die Reaktion von uns ist entscheidend und wie wir mit gewissen Situationen umgehen.

Es ist und wird immer leichter sein, dem anderen die Schuld in die Schuhe zu schieben, wahre Größe bedeutet für mich, auch den Mut zu haben, sich seine eigenen Fehler einzugestehen und sich zu entschuldigen.

Ich bin okay

—

Manche Menschen sagen, ich sei arrogant,
weil ich manche Menschen nicht mag.

Manche Menschen sagen, ich sei depressiv,
weil ich viel und gerne nachdenke.

Manche Menschen sagen, ich sei ignorant,
weil mir Manches egal ist.

Manche Menschen sagen, ich sei naiv,
weil ich mich um Menschen sorge.

Manche Menschen sagen, ich sei kindisch,
weil ich manchmal albern bin.

Manche Menschen sagen, ich sei verschlossen,
weil ich nicht jedem alles erzähle.

Manche sagen sogar ich sei unverschämt,
weil ich sage, was ich denke.

So viele Menschen und so viele Meinungen,
jeden Tag eine oder mehrere Neuigkeiten an mir,
die ich wohl selbst noch entdecken muss.

Und bei all dem nun das Wichtigste:

Ich bin nicht verbissen,
weil ich manchmal stur bin.

Ich bin kein Weichei,
weil ich manchmal weine.

Ich bin nicht schlecht erzogen,
weil ich manchmal laut bin.

Und ich bin auch kein schlechter Mensch,
weil ich Macken habe oder mal Fehler mache.

Ich mag mich und das sollte jeder respektieren.

Kleine Worte

Wann endlich wollen wir verstehen,
dass es nur kleiner Worte bedarf,
einen ganzen Tag schön zu machen.

Ein „Danke“ oder „Schön, dich zu sehen“
können so viel Kraft und Liebe geben.

Es ist nur ein Wort.

Ein „Bitte“ schenkt dem Dankenden oft ein Lächeln zurück
und man ist auch gewillter, Danke zu sagen.
Ein kleines „Ich habe dich gern“ kann den Tag vieler Menschen
wunderschön machen.

Es sind nur vier kleine Wörter.

Wie oft sagen wir „Ich bin gerne bei dir“? Wahrscheinlich viel zu selten, dabei sind es ebenfalls nur fünf Wörter.

Und es sind die drei Wörter aus dem Mund des richtigen Menschen, die nicht nur einen Moment, einen Tag, sondern ein ganzes Leben verändern können:

„Ich liebe dich.“

Der Schrei

Wie oft staut sich alles in uns zusammen und wir würden am liebsten losschreien.

Alles loswerden, was uns schon so lange bedrückt.
Alles loswerden, was uns schon so lange auf dem Herzen liegt.
Alles loswerden, was uns die Luft zum Atmen nimmt.

Und wie so oft und fast immer, geht es weiter mit dem Stauen.
Weiter und weiter.
Viele können es dann aber nicht mehr unterdrücken und schreien los.
Andere werden einfach nur ruhig.

Was viele Menschen nicht verstehen, ist, dass unser Schweigen oft der lauteste Schrei ist.
Dass wir oft ruhig werden, weil in uns alles voll ist und wir nicht wollen, dass gewisse Situationen eskalieren.
Wir fressen alles in uns rein.
Immer mehr und mehr.

Irgendwann sind wir dann an dem Punkt, wo wir schweigen oder wirklich alles rausschreien.
Dann das große Wundern und die Fragen, was das soll.

Man sagt, es ist nicht der letzte Tropfen, der das Fass zum Überlaufen bringt, sondern die unzähligen Tropfen davor.
Und so ist es mit so vielen Sachen und auch dem Schrei.

Viel zu oft gelächelt, wo unsere Seele nach Hilfe geschrien hat.
Viel zu oft gelächelt, wo unser Verstand nach Antworten gesucht hat.
Und viel zu oft gelächelt, wo sich unser Herz nach Liebe und Verständnis gesehnt hat.

Achte stets darauf, wenn Menschen ruhiger werden, denn unser Schweigen ist, wie gesagt, oft der lauteste Schrei.

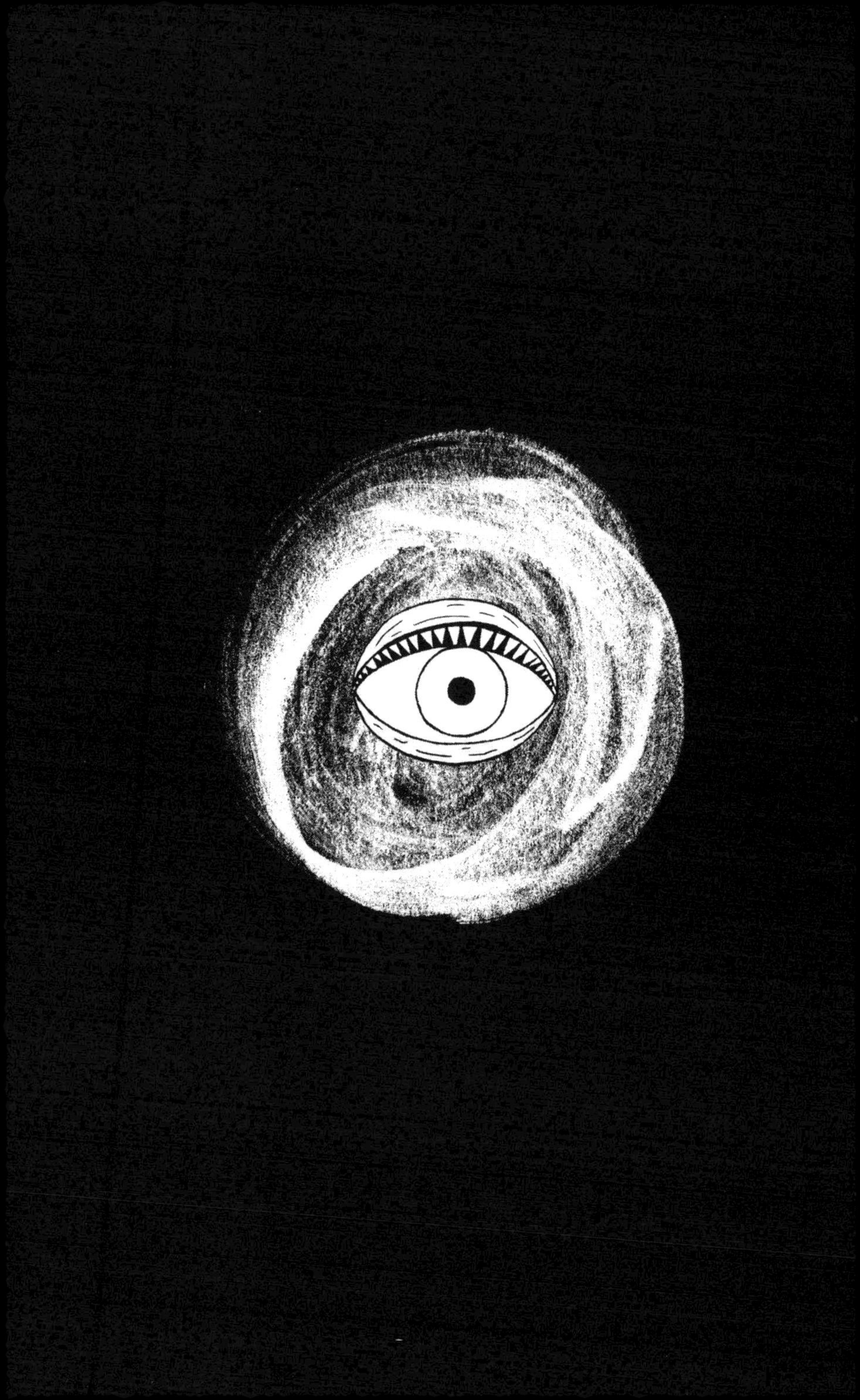

Mit unserem schönsten Lächeln

—

Kennst du die Menschen,
ich meine die verwundbaren und verletzlichen?
Es sind jene, die eine Seele besitzen, und sie können andere Menschen gut verstehen.

Kennst du die Menschen,
ich meine die, die immer wieder aufstehen?
Es sind jene, die Kraft besitzen und fähig sind, andere Menschen immer wieder aufzubauen.
In unserer Gesellschaft nennt man sie dennoch oft schwach.

Ist es also verboten oder falsch, mal Fehler zu machen?
Ist es falsch, nicht immer der Masse zu folgen?
Ist es falsch, zu sagen, was man denkt oder fühlt?
Gewiss nicht!

Es ist das, was uns einzigartig und wundervoll macht.
Ich mag Menschen, die immer offen und ehrlich ihre Meinung sagen, auch wenn sie dabei jemanden verletzen könnten.
Denn ich finde eine schmerzliche Wahrheit besser als die schönste Lüge der Welt. Anfangs tut es meistens weh, aber besser so, als wenn man sein ganzes Leben eine Lüge lebt und liebt.

Es ist vollkommen okay, mal zu weinen, auch mal schwach zu sein, sich verloren zu fühlen. Ich denke, das kennt jeder von uns. Es ist aber genauso wichtig, die Augen wieder zu öffnen und sich die Tränen wegzuwischen. Sich ans Herz zu fassen, seinen Mut zu packen und mit all unserer Kraft dem Leben, was wir leben wollen, wieder zu begegnen.

Wenn nicht heute, dann „morgen“ mit unserem schönsten Lächeln.

Einer dieser Tage

—

Wieder einer dieser Tage,
an dem sich die Sonne hinter den dicken Wolken versteckt.

Wieder einer dieser Tage,
wo es nicht nur draußen kalt, dunkel und leer ist,
sondern auch in meinem Herzen.

Wieder einer dieser Tage,
an dem ich so manche Dinge einfach aufgeben will,
weil mir die Kraft mal wieder fehlt.

Aber auch wenn sich die Sonne hinter dicken Wolken versteckt,
habe ich nicht vergessen, wie schön es ist, wenn sie für mich scheint.

Ich habe nicht vergessen, wie schön es ist, wenn das Herz voll mit Liebe gefüllt ist und das Leben sich frei und leicht wie eine Feder anfühlt.

Ich habe nicht vergessen wie viele schwierige Situationen ich schon gemeistert habe.

Ich habe nicht vergessen, dass es immer einen dieser Momente oder Tage gibt, an dem alles schön oder auch nicht ist.

Deswegen heißt es Leben und nicht Wunschkonzert.
Wenn auch nicht immer, liegt es aber oft an mir selbst, ob der Tag schön ist oder auch nicht.
Es wird immer einen dieser oder dieser Tage geben, aber es muss auch immer weitergehen für uns.

NOT TODAY

Niemals genug

Es gibt diese Art von Menschen, für die du einfach niemals gut genug sein wirst. Und dabei ist es egal, wie viel du tust, wie hart du für etwas arbeitest, das Ergebnis wird für sie immer das gleiche bleiben.

Sie machen dir aus einem „Sehr gut“ gerne mal ein „Ungenügend“. Demütigen dich, reden dich schlecht oder das, was du getan hast. In ihren Augen ist nichts, was sagst oder tust, richtig, du kannst es ihnen einfach nicht recht machen.

Den größten Fehler, den wir hier machen, ist, wir versuchen es trotzdem immer und immer wieder. Wir sollten uns viel mehr auf Menschen konzentrieren, denen wir nichts beweisen müssen. Die uns auch dann lieben, wenn wir mal was falsch gemacht haben, und uns auch dann lieben, wenn wir mal was Falsches gesagt haben.

Menschen, die uns lieben, weil wir sind, wie und wer wir sind. Manchmal muss man Menschen aufgeben, nicht, weil sie dir egal sind, sondern weil du es ihnen bist.

Kleine Pause

Wie oft wünschen wir uns eine kleine Pause vom Leben,
weil wieder alles zu viel ist.

Man will doch nur eine kleine Pause, um zu verstehen, was gerade passiert.

Eine kleine Pause, damit man gewisse Dinge bewältigen kann.

Ganz wichtig:
Wenn du eine Pause brauchst,
gönn sie deinem Körper und deiner Seele.
Du bist keine Maschine!
Ohne Pause kann keiner von uns.

Ob es auf der Arbeit oder im Leben selbst ist, wir müssen gewisse Pausen einfach einhalten oder uns nehmen, wenn wir diese brauchen.

Nimm dir einen Moment, bevor du im Strom des Lebens weiterschwimmst, denn sonst könnte es sein, dass du darin ertrinkst.

404

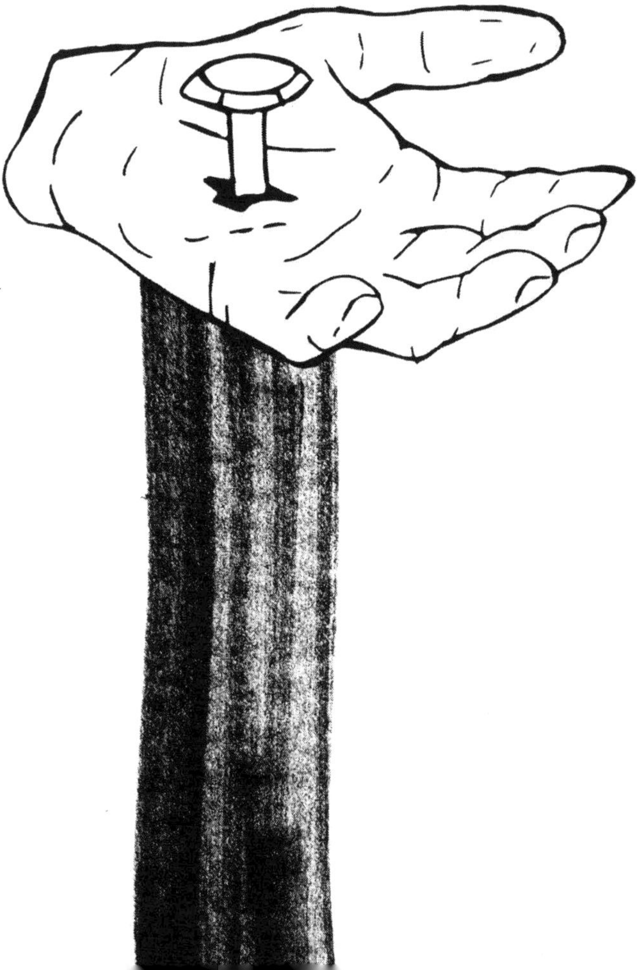

Lass sie reden

Es gibt so viele Menschen, die denken, sie würden wissen, wer du bist. Sie haben hier und dort mal was gehört und denken allen Ernstes, das Puzzle deines Lebens wäre mit fünf Puzzleteilchen zusammengesetzt.

Und meistens picken sie sich das Negative raus, um von sich selbst abzulenken, interessant zu wirken oder um etwas zu erzählen zu haben. Und doch weiß keiner von ihnen auch nur ansatzweise, wer du bist.

Sie hören A, verstehen B und erzählen C.
Und doch weiß keiner von ihnen, wie du fühlst, denkst, liebst, siehst, riechst oder lebst.

Keiner von ihnen weiß, was du durchgemacht hast.
Wie viele Hürden du überwunden hast.
Wie oft du geweint hast.
Wie oft du nicht mehr konntest.
Wie oft du anderen geholfen hast.
Wie oft dies, das und jenes.

Mit all dem will ich dir sagen, dass sie niemals wissen werden, wer du wirklich bist, und das ist auch gut so.

Die Menschen, die dich lieben, kennen und verstehen dich.
Die Menschen, die du liebst, haben ebenso ein Teil deines Herzens.

Es gibt immer Geschichten über sie, ihn oder dich.
Und es liegt an uns selbst, zu entscheiden, wie viel Kraft und welche Stärke wir diesen Worten in unserem Leben verleihen.

Wann endlich

—

Wenn du einen Menschen wirklich liebst, werden die Fehler des anderen deine Gefühle für ihn nicht wirklich ändern.
Viel zu oft geben wir dem Verstand die Macht, der sich selbst über die kleinen Dinge ärgert.
Das Herz würde wegen eines kleinen Fehlers niemals aufhören, den Menschen zu lieben.

Es ist immer leichter, sauer zu sein und zu streiten, statt zu vergeben und darauf zu vertrauen, dass alles gut wird.

Es ist immer leichter, sich zu trennen, statt gemeinsam an einer Lösung zu arbeiten und zusammenzubleiben.

Es ist immer leichter, auszutauschen, statt zu reparieren.

Wo ist unser Zusammenhalt bloß hin? Und hier meine ich den Zusammenhalt jeglicher zwischenmenschlicher Beziehungen.
Man soll perfekt sein und funktionieren, aber das funktioniert nicht.

Niemand von uns ist perfekt, und es ist nicht an uns, über einen anderen Menschen zu urteilen.
Man streitet wegen Unwichtigem, kann darüber stundenlang, ja teils Tage diskutieren und deswegen sauer sein, aber um das wirklich Wichtige in einer Beziehung wird sich nicht mehr gekümmert.

Als könnten wir einen Stecker ziehen und all das ausschalten, was wir mal mit dem Menschen erlebt haben.

Wir sind sturer geworden,
wir sind aggressiver geworden,
wir sind lauter geworden,
wir sind launischer geworden,
wir sind schnelllebiger geworden.

Aber wann endlich fangen wir wieder an, menschlicher zu werden?

Wann endlich verstehen wir wieder, dass Schmerz zu einer Liebe und dem Leben dazugehört und man sich nicht wegen jeder Kleinigkeit trennen muss?

Wann endlich, dass jeder von uns einzigartig und ein wundervolles Wesen dieser Erde ist, dass man respektieren sollte?

Vergiss das nicht

—

Wir sollten niemals vergessen,
wer an unserer Seite war, als es uns schlecht ging.
Niemals vergessen, wer uns stunden- und nächtelang zugehört hat, als wir immer und immer wieder dieselbe Geschichte erzählten.

Wir sollten nicht vergessen,
wen wir zu jeder Tages- und Nachtzeit anrufen konnten.
Jene, die immer für uns da waren und sind. Bei denen wir uns ausheulen konnten und die uns Trost gespendet haben.
Menschen, bei denen wir in diesen schwierigen Stunden Halt fanden.
Menschen, bei denen wir das Gefühl hatten, gut aufgehoben zu sein.
Menschen, die uns immer wieder bewiesen haben, wie sehr sie uns lieben.

Oft sind sie leider nur so lange gut, wie es uns schlecht geht, und wenn wir dann wieder auf Wolke 7 schweben, vergessen wir sie.
Schon mal darüber nachgedacht, wie unfair das ist?
Oder darüber nachgedacht, was wir für diese Menschen getan haben, als sie uns brauchten?
Als sie jemanden zum Reden brauchten, oder gerade am Ende waren?
Waren wir in diesen Momenten für sie da, als sie uns am meisten brauchten, so wie sie für uns da waren, als wir jemanden brauchten?

Ist unsere Welt heil und läuft sie gut, vergessen wir das ganz schnell mal.
Ähnlich wie bei einem gesunden Menschen, der nicht dafür dankt, dass er gesund ist, aber darum bittet, wieder gesund zu werden, wenn er krank ist.
Wir sollten diesen Menschen viel mehr Achtung, Respekt und Liebe schenken, denn sie waren es, die für dich da waren, als deine Welt drohte, einzustürzen, oder längst eingestürzt war, vergiss das bitte nicht!

Die Zeit

Sie ist mit der Gesundheit das Wertvollste, was wir haben.
Zeit kann man nicht zurückdrehen, auch wenn wir uns das so oft wünschen, um gewisse Dinge ungeschehen oder anders zu machen.

Zeit bleibt nicht stehen, auch wenn wir manchmal sowohl im Positiven als auch im Negativen das Gefühl haben, jemand hätte die Erde und die Zeit angehalten.

Es gibt kaum etwas, was so genau fließt wie die Zeit.
Der eine denkt, er hat genug davon, andere wissen, dass ihre bald abläuft.

Wir sollten die Zeit mit unseren Liebsten immer genießen, denn wir wissen zu keinem Zeitpunkt, wie viel uns noch bleibt.

Es gibt keine beste Zeit, jetzt ist meist die beste Zeit.
Um zu sagen, was wir denken,
um zu sagen, was wir fühlen,
um zu tun, was wir immer tun wollten,
um zu sein, wer wir immer sein wollten.

Wir sollten unsere Zeit nicht vergeuden oder an Menschen verschwenden, die es nicht wert sind.

Es wird immer das Schönste sein, einem Menschen deine Zeit zu schenken, denn damit schenkst du ihm auch ein Stück deines Lebens.

Der erste Schritt

Immer wieder spricht man vom ersten Schritt, aber oft vergisst man, dass genau dieser der schwierigste im Leben ist.
Der Schritt ins Ungewisse.
Tausende Fragen, wie wohl was kommen wird oder gewisse Menschen auf gewisse Worte und Handlungen reagieren werden.
Das alles macht uns oft Angst und deswegen wagen wir diesen Schritt nicht.

Wir wollen die Wahrheit, sind aber nicht bereit, diesen einen Schritt zu machen.
Das alles werden wir niemals erfahren, wenn wir nicht bereit sind, diesen ersten Schritt zu gehen. Dieser erste Schritt gibt dir ein Stück Freiheit, wenn auch nicht immer mit einer positiven oder für dich zufriedenstellenden Antworten.

Du kannst darüber nachdenken, ob ein Mensch genauso für dich empfindet, wie du für ihn, oder den nächsten Schritt machen und ihn nach seinen Gefühlen fragen.

Wie schon gesagt, die Antwort wird nicht immer schön sein, aber wenigstens verschafft sie dir Gewissheit und Klarheit.
Der erste Schritt, er ist oft der schwierigste, aber nicht immer der wichtigste.
In einer Beziehung ist er oft die Eintrittskarte, aber um über eine Dauerkarte zu verfügen, müssen wir viel für diese Beziehung tun.
Du kannst von einer schönen Blume träumen, aber es reicht nicht, den Samen nur zu pflanzen, du musst die Blume auch gießen.

Sie braucht die Sonne und Liebe, genau wie eine Beziehung.
Ja, vielleicht ist der erste Schritt der schwierigste, aber ich verspreche dir, er wird auf Dauer immer besser sein als die Ungewissheit, denn diese ist fähig, uns innerlich sterben zu lassen.
Wagen wir den ersten Schritt.

Auf in Richtung Freiheit und Gewissheit.

Worte der Gefühle

—

1. Auflage
Originalausgabe
Juni 2021

Autor: Isaak Öztürk
Lektorat: Ramona Pingel
Gestaltung: Ines Jung
ISBN: 9798522823252

Dieses Buch ist auch als E-Book erhältlich.

Printed in Poland
by Amazon Fulfillment
Poland Sp. z o.o., Wrocław

80150253R00069